Météorite

Du même auteur, dans la même collection :

Fils de sorcières

Princesse en danger

Pierre Bottero
Illustrations de Vincent Wagner

Météorite

RAGEOT

ISBN 978-2-7002-3549-4
ISSN 1951-5758

Disparitions en série

Ça y est, le moment est arrivé.

J'ai beau m'y être préparé depuis la veille, mon cœur fait celui qui n'est pas au courant et se met à bondir dans tous les sens au milieu de ma poitrine. J'ai l'impression d'avoir avalé un kangourou. Envie de vomir garantie !

Mon estomac ne s'y trompe d'ailleurs pas et se transforme en serpillière prête à l'essorage. Pire, je suis pris d'une furieuse envie de retourner aux toilettes alors que j'en sors. Je m'oblige à respirer à fond.

Pas fastoche.

Mes mains, à qui je ne demandais rien, ont entrepris de trembler, tandis que mes jambes ressemblent de plus en plus à deux paquets de gélatine alimentaire. Périmée, la gélatine.

Je jette un coup d'œil dans le miroir de l'entrée. Euh… c'est qui ce type qui m'observe, les yeux écarquillés par la terreur et le visage couleur navet ? C'est moi ? Vraiment moi ?

Les derniers mots de Naomie me reviennent en mémoire : « Tu es un héros, Mattéo. Grâce à toi, on va les avoir ! »

Un héros ? Moi ? Je ne peux retenir une grimace. Je ne suis pas un héros, je suis un naïf. Un malheureux et pitoyable naïf.

La preuve ? Je crois tout ce qu'on me dit. Tout. Et quand celui qui me le dit est une fille et que ce qu'elle dit ressemble, même de loin, à un compliment, c'est pire encore.

Je deviens un naïf avec des ailes !

Et quand la fille en question possède deux grands yeux bleus capables de liquéfier la banquise et donc d'atomiser mon cœur, quand ses lèvres dessinent des rêves en forme de promesses, quand sa peau paraît avoir inventé l'idée même de douceur, quand ses cheveux mélangent les mots boucles, or et soie, alors là…

« Tu es un héros, Mattéo. Grâce à toi, on va les avoir ! »

N'importe qui d'autre que moi aurait répondu : « Nous sommes deux, ils sont cinq. J'ai dix ans, comme toi, alors que ce sont des adultes. Nous sommes capables de réaliser de petits trucs rigolos, ils possèdent des pouvoirs terribles… Non, Naomie, nous ne sommes pas dans un film, je ne suis pas un héros, et la seule chose qu'on va avoir c'est de gros ennuis ! »

N'importe qui d'autre.

Moi, j'ai savouré le frisson que ses mots avaient fait naître dans mon dos, j'ai inspiré un grand coup puis j'ai plongé dans le bleu de ses yeux, nagé un instant dans la chaleur de son regard avant de me laisser couler.

« Pas de problème, Naomie, ai-je affirmé. Je m'occupe de tout. »

Un malheureux et pitoyable naïf.

Devant moi, le gars dans le miroir secoue la tête comme pour une ultime tentative de se réveiller.

Ça ne marche pas.

Je regarde sous les lits, juste au cas où Lucas et Tom se seraient amusés à se cacher pour une blague de mauvais goût, mais je ne me leurre pas. Je sais qu'ils ont disparu.

Pfft ! Comme ça. Presque par magie. Par le pouvoir de ce type que Naomie appelle l'Éclipseur.

Ils ont disparu et quand ils reviendront – le pouvoir de l'Éclipseur est éphémère – j'ai bien peur d'avoir disparu à mon tour.

De façon définitive.

Bon, le moment est arrivé et je suis censé être prêt.

J'enfile mon blouson, il gèle à Paris au mois de décembre, et je sors. Le couloir est désert, parfaitement silencieux. Par acquit de conscience, je pousse la porte de la chambre que partagent Antoine et Samuel.

Vide.

Comme est vide celle de Laura, Anne et Malika. Celle de Chloé et Louise. Celle de…

J'arrête d'ouvrir les portes. La prochaine est celle de la maîtresse et je n'ai aucune envie de voir son lit défait au milieu de sa chambre vide.

– Cesse de trembler, Mattéo !

J'ai parlé à voix haute, ce qui n'est pas bon signe, et je serre les mâchoires pour ne pas me répondre que je fais de mon mieux. Je serre les poings aussi, juste histoire de me donner un peu de courage, et j'avance.

Le hall de l'hôtel est abandonné.

D'accord il est tôt, six heures du matin à peine, mais un réceptionniste est normalement présent jour et nuit derrière le comptoir et des employés devraient s'activer dans la salle du petit-déjeuner...

Les capacités de l'Éclipseur ont-elles des limites ? Sont-ils plusieurs à partager cet effrayant pouvoir de faire disparaître les gens ?

La gorge nouée, je sors dans la rue.

Ni piétons ni automobilistes.

Personne.

Naomie m'a pourtant prévenu mais c'est trop pour moi. Ma solitude me frappe comme un coup de poing au creux de l'estomac. Je tressaille, ouvre la bouche en grand pour un cri, un hurlement, un appel au secours, un gémissement, peut-être une simple bouffée d'oxygène...

... mes yeux tombent sur un pigeon juché sur une corniche de l'immeuble d'en face.

Petit et rond, il a gonflé son plumage bleuté pour résister au froid et rentré la tête dans son cou.

– *Courage*, murmure-t-il dans mon esprit. *Ils ne savent pas précisément où tu te trouves. La voie est libre. Fonce !*

Comme pour me montrer le chemin, il s'ébroue, déploie ses ailes et s'envole.

Ma peur s'envole avec lui. Ainsi que mes doutes et mes hésitations. Je me mets à courir. Au milieu d'une rue déserte, au centre d'un Paris déserté.

J'ai rendez-vous avec Naomie.

Le moment est arrivé.

Je me reprends

Bon, je me rends compte que commencer mon histoire à un endroit aussi dramatique n'est pas forcément la façon la plus claire de vous faire comprendre ce qui se passe. Si vous êtes d'accord, j'arrête donc là pour repartir en arrière et reprendre les événements dans l'ordre.

Vous êtes d'accord ?

Très bien.

N'oubliez toutefois pas que vous m'avez laissé, par un matin de décembre, en train de courir au milieu d'une rue déserte de Paris, complètement seul et visiblement en très mauvaise posture.

N'oubliez pas la disparition de mes amis et celle de la maîtresse.

N'oubliez pas Naomie.
N'oubliez pas l'Éclipseur.
Et n'oubliez pas le pigeon.
N'oubliez surtout pas le pigeon.

My name is...

Je m'appelle Bond.

Mattéo Bond.

Et non, je n'ai aucun lien de parenté avec l'autre Bond.

James Bond.

Quoi ? Vous êtes désolé d'avoir laissé entendre que... Allez, ne vous inquiétez pas, tout le monde me pose la question :

– Bond ? Comme... ?

Avec un nom pareil, c'est sûr, les copains se fichent un peu de moi mais quand j'ai tenté de supprimer le « d » final, ça a été pire.

– Bon ?

– Trop bon, tu veux dire !

– On peut goûter ?

– Bonbon !

– Pas si bon que ça.
– Franchement mauvais, oui !

Je m'appelle donc Mattéo Bond et j'assume. Sauf quand Édouard me lance une vanne. Là, je n'assume plus, je cogne. Peux pas m'en empêcher, je suis allergique à ce gars. Une allergie grave et irrémédiable. Depuis le moment précis où mes yeux sont tombés sur lui pour la première fois.

À la maternité. Oui, à la maternité.

Logique, non ? Édouard et moi habitons depuis notre naissance le même village, Sainte-Lucie, dans le Jura suisse, nous sommes nés le même jour, un 21 mars, et, bien sûr, dans le même hôpital de la ville d'à côté.

Nos mères ont très vite sympathisé, surtout quand il y a eu cet étrange incident dans le parc de la maternité, cette météorite qui s'est écrasée entre les arbres, faisant voler en éclats les fenêtres les plus proches, dont celle de ma chambre.

Il y a eu des débris de verre partout, des cris, des sirènes d'alarme... Maman et moi avons été évacués en urgence et nous nous sommes retrouvés dans la même chambre qu'Édouard et sa mère.

Terrible !

Maman me raconte souvent que si j'ai à peine ouvert les yeux lorsqu'un fragment de la météorite a fait exploser la fenêtre de la chambre et a fendu mon berceau de haut en bas, je me suis mis à hurler dès que j'ai aperçu Édouard. Il lui a fallu des heures et l'aide d'un bataillon de puéricultrices pour que j'accepte enfin de me calmer.

Une allergie fulgurante, je vous dis, et qui ne s'est jamais atténuée.

Rassurez-vous, Édouard me le rend bien et je ne compte plus le nombre de beignes qu'il m'a distribuées depuis que nous savons marcher. Sans parler des coups tordus, des pièges et autres traquenards qu'il a concoctés à mon intention avec un talent qui frôle le génie.

Édouard, mon ennemi personnel et définitif!

Bon, assez parlé de lui. Je passe à la suite.

Sainte-Lucie est un chouette village, au pied de jolies montagnes où nous faisons des randonnées l'été et du ski ou des balades en raquettes l'hiver.

L'école est un peu à l'écart et, comme il n'y a pas grand monde sur les routes, la plupart des élèves s'y rendent à pied ou à vélo.

Moi, j'aime couper par les champs des parents de Tom. Je saute le ruisseau qui coule près du pré aux vaches, je retrouve Tom et son cousin Lucas, nous prenons ensemble le sentier qui traverse le bois Gentil, et nous débouchons sur le parking de l'école, à l'opposé de l'endroit où arrive cet abruti d'Édouard.

Si nous n'avons pas trop traîné, nous avons le temps de disputer une partie de foot avant que le directeur ouvre le portail, ou alors nous piquons leurs sacs aux filles afin qu'elles nous courent après pour les récupérer. Généralement, ces jeux finissent en bagarres mais, au contraire de celles qui m'opposent à Édouard, ces bagarres-là ne sont pas douloureuses.

Même si les filles cognent fort et, parfois, dans des endroits très sensibles.

Quand on entre en classe, les garçons sont décoiffés, les filles font semblant d'être en colère, mais tout le monde a les yeux qui brillent un peu plus que la normale. Et il n'est pas rare qu'à la récré on reparte tous pour un deuxième round !

Le soir, on tape dans le ballon devant l'école, on discute une minute ou quinze et on file. Goûter, devoirs, puis, si le temps le permet et que les parents des uns et des autres ne sont pas de trop mauvais poil, on se retrouve chez Tom avec Lucas, bien sûr, ainsi que Louis et Samuel qui n'habitent pas loin.

Foot, cabanes, tir à l'arc, jeux vidéo, pêche aux grenouilles, je n'ai pas le souvenir que nous nous soyons ennuyés une seule fois.

Je parle, je parle, mais j'aurais pu faire bien plus court. Du genre :

– Vous savez quoi ? La vie à Sainte-Lucie, c'est le paradis !

Vous auriez compris, non ?

Le problème, c'est que ce paradis, du moins celui qui me concerne personnellement, a volé en éclats un matin de septembre.

Je venais de sauter le ruisseau près de l'endroit où, durant l'été, nous avions construit une cabane ultramoderne.

Tom était malade et Lucas m'avait dit de ne pas l'attendre.

Comme souvent, j'étais en retard et je me préparais à sprinter lorsque soudain j'ai eu une coupure de chaud. Entendez par là que tout mon corps s'est transformé en glaçon.

En glaçon gelé.

Je me suis mis à trembler et, alors que j'hésitais encore à comprendre ce qui m'arrivait, je me suis retrouvé à genoux. Quelque chose de fou tapait sur les côtés de mon crâne. Un ours qui voulait sortir ou peut-être une locomotive. C'était plus douloureux que tout ce que j'avais ressenti jusqu'à présent. Une torture absolue.

Ma poitrine est devenue molle, mes muscles ont fondu et, tandis que mes yeux décidaient de faire basculer l'univers en mode noir et blanc, je suis tombé en avant.

La dernière chose que j'ai vue, ce sont les vaches d'Antoine, l'oncle de Tom, qui s'approchaient de la barrière pour me regarder mourir avec indifférence.

D'étranges voix

– Tu crois qu'il est mort ?

– Jolie touffe de luzerne. M'en fiche.

– Il ne fait pas partie des méchants celui-là, il ne nous a jamais lancé de cailloux. Ce n'est pas comme l'autre, le petit blondinet.

– M'en fiche quand même.

– On pourrait aller chercher de l'aide…

– Tu es sérieuse ?

– Ben… oui.

– Alors là, ma vieille, tu es encore plus folle que ce que je pensais. Dis-moi, tu connais Creutzfeldt-Jakob ?

– Le fils du vétérinaire ?

– Non, le… Allez, c'est bon, oublie.

– Mais…

– Oublie, je te dis. Écoute-moi bien ! On se fiche de savoir si ce gamin est mort ou pas et il ne nous appartient pas d'aller chercher du secours. Mets-toi dans la tête que nous ne sommes pas censées faire une chose pareille, que nous en sommes d'ailleurs incapables et que si, par le plus grand des hasards nous nous y risquions, nous n'aurions strictement aucune chance de réussir. Tu m'as bien comprise ?

– Oui, mais…

– La ferme !

– La ferme ?

– Oui, la ferme !

– C'est rigolo, ça.

– Quoi ?

– Tu dis la ferme pour que je me taise mais la ferme c'est aussi l'endroit où nous vivons.

– Et ça te fait rire ?

– Ben… oui.

En avion ou à vélo

J'ai ouvert les yeux.

Pas mort finalement.

– *Il ouvre les yeux !*

– *Tu vois, il n'est pas mort finalement.*

J'ai poussé un gémissement. Si l'ours dans ma tête s'était calmé, je continuais à me sentir pareil à un vieux caleçon oublié dans la machine à laver. Propre certes, mais usé, tout mou et sans grand avenir.

– *Il n'a pas l'air très en forme.*

– *M'en fiche.*

Je me suis assis dans l'herbe, surpris d'y parvenir sans plus de difficulté, et j'ai jeté un coup d'œil autour de moi, cherchant les deux femmes qui dissertaient sur mon état de santé sans juger bon de s'approcher pour me secourir.

Je ne les ai pas vues.

– *Tu as remarqué de quelle façon il tourne la tête ? On dirait vraiment qu'il...*

– *M'en fiche, je te dis !*

Un frisson de mauvais augure a zigzagué de ma nuque jusqu'à mes fesses. Je les entendais, là, à moins de cinq mètres de moi, et je ne les voyais pas ! Il n'y avait pourtant aucun endroit où se cacher à proximité. Un ruisseau, un talus pas bien haut, un champ, une barrière et deux vaches. Impossible de se dissimuler et pourquoi, en outre, ces femmes se seraient-elles dissimulées ?

Je me suis levé avec circonspection. J'étais moins mal en point que je le craignais.

L'univers était à nouveau en mode couleurs, je n'avais plus mal au crâne et mes muscles avaient retrouvé leur tonicité. J'avais dû être victime d'un malaise. Rien de grave.

« Prends le temps de déjeuner, me dit souvent ma mère. Partir à l'école sans manger n'est pas malin. Un de ces jours, ça te jouera un sale tour. » J'ignorais si elle pensait à ce type de tour, mais je me suis juré de suivre désormais ses conseils à la lettre. J'ai fait un pas. Un deuxième. Tout fonctionnait. J'ai…

– *Regarde, il va mieux !*

… sursauté !

La femme qui venait de parler était juste à côté de moi, c'était obligé.

Sauf que lorsque j'ai effectué un tour complet sur moi-même, je ne l'ai pas vue.

– Qui est là ?

J'avais crié, signe que j'avais retrouvé la forme et que, par malchance, au même moment, je perdais la boule.

– *Pourquoi crie-t-il comme ça ?*

– *M'en fiche. Viens, on s'en va !*

Mon cri avait dû effrayer les deux vaches parce qu'elles se sont écartées de la barrière, l'une me tournant franchement le dos, l'autre me jetant un regard en coin avant de suivre sa copine.

J'ai inspiré à fond, soufflé, inspiré à fond, soufflé, inspiré à fond…

Je n'entendais plus rien. Enfin, pas vraiment plus rien. Je n'entendais plus de voix et c'était la seule chose qui comptait. Mieux, cela m'a procuré un bien terrible.

J'avais détesté l'impression de devenir fou qui s'était infiltrée en moi et comprendre que cela n'avait été qu'une illusion passagère liée à mon malaise m'a procuré le même effet qu'un vingt sur vingt en dictée.

J'ai poussé un petit soupir, brossé mes vêtements pour en faire tomber les brindilles qui s'y étaient accrochées et je me suis mis en route.

Bien sûr, je suis arrivé en retard en classe.

Je savais que Mme Horus me demanderait des comptes, elle déteste les retardataires, mais je n'étais pas inquiet. Pour une fois, j'avais une excuse en béton armé à lui servir et je me régalais par avance de l'attention dont j'allais bénéficier lorsque je raconterais mon aventure.

La stupeur de la maîtresse, l'admiration des copains, la sollicitude des filles, la jalousie de cet abruti d'Édouard... Pourquoi n'avais-je pas pensé plus tôt à tomber dans les pommes ? Je suis entré dans l'école d'un bon pas, savourant ma nouvelle réalité : j'étais un héros !

Raté !

Lorsque j'ai poussé la porte, c'est à peine si Mme Horus a tourné la tête vers moi. Il régnait dans la classe une effervescence de veille de vacances, alors que la rentrée ne datait que de quelques jours. Les copains discutaient avec animation, s'interpellaient d'un bout à l'autre de la salle, les filles posaient des tas de questions et la maîtresse observait ce bazar avec un sourire compréhensif que je ne lui avais jamais vu.

J'ai jeté un coup d'œil vers le bureau d'Édouard. Peut-être avait-il eu un accident très grave ? Cela aurait expliqué les rires et les blagues qui fusaient.

Deuxième raté.

Édouard était là, aussi heureux que les autres, débattant avec Mehdi à grand renfort de gesticulations stupides. Que se passait-il donc ?

C'est Lucas qui m'a offert la réponse lorsque je me suis glissé à ma place.

– Trop génial ! m'a-t-il annoncé. En décembre, nous partons une semaine à Paris !

À Paris ? Une semaine ? Avec les copains ?

Waouh !

Ça pour de la nouvelle, c'était de la nouvelle !

Mon malaise a compris qu'il ne faisait pas le poids et il s'est résigné au statut de souvenir négligeable destiné à être très vite oublié.

– M'dame, m'dame, m'dame, ai-je crié, on y va comment à Paris ? En avion ou à vélo ?

Hôtel de rêve ou hôtel rêvé ?

Pendant quelques jours, l'univers entier a tourné autour du voyage à Paris. Le trajet ne s'effectuerait ni en avion ni à vélo mais en autocar, ce qui promettait d'être génial, surtout si Tom, Lucas et moi parvenions à prendre les autres de vitesse et à nous installer au fond.

Au programme de la semaine, découverte des grands lieux historiques (bof), visites de musées (bof, bof), balade en bateau-mouche sur la Seine (chouette), virée en métro (chouette, chouette) et, surtout, hébergement en hôtel !

L'hôtel ! Plus de la moitié de la classe, dont moi, n'avait jamais mis les pieds dans un hôtel et la maîtresse a eu autant de succès en nous annonçant la nouvelle que si elle nous avait promis la suppression des devoirs jusqu'à la fin de l'année.

Elle a eu aussi droit à une batterie de questions :

– Y a la piscine à l'hôtel ?

– Comment on fait si on n'aime pas le champagne ?

– À quelle heure on nous apporte le petit-déjeuner dans nos chambres ?

– Il est grand le jacuzzi dans la salle de bain ?

Pendant quelques secondes, la maîtresse a eu l'air désemparée mais elle s'est très vite reprise.

– Les enfants, arrêtez vos bêtises. L'hôtel où nous dormirons est un établissement spécialisé dans l'accueil de groupes. Pas de piscine, pas de jacuzzi, pas de champagne et nous prendrons notre petit-déjeuner ensemble dans une salle prévue à cet effet.

En parlant d'effet, celui causé par sa mise au point aurait mérité l'appellation douche froide. Un soupir résigné s'est élevé tandis que notre rêve s'éteignait en silence.

L'ultime tentative de Louise lui a accordé un sursis...

– On voit la tour Eiffel par la fenêtre de nos chambres ?

... que la réponse de la maîtresse s'est chargée de réduire en bouillie :

– Cessez de rêver ! Le critère retenu pour le choix de l'établissement qui nous accueillera est strictement financier.

– Strictement financier, ça veut dire qu'on a pris le moins cher possible, a cru bon de préciser cet abruti d'Édouard.

Je me suis promis de lui coller une beigne à la récré.

Quelques heures plus tard, Lucas, Tom et moi nous sommes installés autour de la table de la cuisine pour un des goûters dont nous avions le secret et qui, avec nos parties de foot, sont le ciment de notre amitié.

Ce jour-là nous étions chez Tom. Ses parents ont une ferme, ça je vous l'ai déjà dit, et il y a des tas d'endroits où jouer au foot mais, surtout, sa mère n'oublie jamais d'acheter du Nutella, ce qui n'est pas le cas de la mienne.

– Ce qui est chouette, c'est que nous serons deux ou trois par chambre, a dit Tom en tartinant une tranche de pain d'une généreuse couche de chocolat.

– Wouais, a fait Lucas en mordant dans sa tartine, ch'est vrai.

J'ai attrapé le pot.

– Vous croyez que la maîtresse nous laissera choisir avec qui on sera ?

Tom a secoué la tête.

– Ça m'étonnerait. Elle va décider toute seule, c'est sûr.

– Y a danger, là, non ?

– Wouais, a fait Lucas.

Tom a pris un air de conspirateur. Un air que je connais bien puisque, chaque fois qu'on goûte chez lui, il se croit obligé de jouer au malin.

– J'ai un scoop, a-t-il annoncé. Antoine a jeté un œil sur le cahier de la maîtresse, vous savez, le cahier où elle note tout, et tu sais quoi Mattéo ? Tu te retrouves dans la même chambre qu'Édouard.

Je me suis appliqué à sourire.

– Super, ai-je déclaré en haussant les épaules. Le premier soir je le tue à coups de claques, je balance son cadavre à la poubelle, comme ça, le reste de la semaine, j'ai une chambre pour moi tout seul.

– Tu frimes, a rétorqué Tom, vexé que sa blague n'ait pas eu plus de succès, mais la dernière fois que vous vous êtes battus, c'est lui qui a bien failli te tuer.

J'ai serré les dents.

– J'étais pas en forme.

– Wouais, a fait Lucas.

– N'empêche, a poursuivi ce traître de Tom, que si Louise et Aude n'avaient pas appelé le directeur, il te transformait en hachis Parmentier.

– Wouais, a fait Lucas, une coulée de Nutella balafrant sa joue de la bouche jusqu'à l'oreille.

J'hésitais sur la conduite à tenir, me fâcher et abandonner goûter et partie de foot ou admettre qu'Édouard se débrouillait bien avec ses poings, lorsqu'un hurlement a retenti dans la cour, m'épargnant d'avoir à faire le mauvais choix.

Un hurlement terrible. Le hurlement d'une fille terrifiée. Ou agonisante. Ou peut-être les deux.

– *Au secours ! Par pitié, aidez-moi ! Au secours !*

Une mouche sous le crâne

Je me suis levé d'un bond, sous le regard stupéfait de mes deux copains.

– Cool, Mattéo ! m'a lancé Tom. Ne te fâche pas, c'était une blague. Antoine n'a jamais…

– Vous avez entendu ?

Tom et Lucas ont échangé un coup d'œil rapide qui a accentué la surprise peinte sur leur visage.

– Entendu quoi ?

Lucas avait fini d'engloutir sa tartine et s'exprimait à nouveau de façon normale.

– La… la fille qui… qui… a appelé au secours.

– Quelle fille ? a demandé Lucas.

– Ça va, Mattéo ? s'est inquiété Tom.

J'ai passé une main tremblante sur mon front, redoutant de le sentir humide et brûlant. Il n'était que tiède. Et parfaitement sec.

– Une fille, ai-je balbutié. Elle... elle a poussé un hurlement terrible. Juste là, dans la cour. Vous... vous ne l'avez pas entendue ?

Il y a eu un bref silence puis Tom a éclaté de rire.

– Tu nous as bien eus ! s'est-il exclamé. Tu devrais faire du théâtre, tu sais. Pendant un moment, j'ai vraiment cru que tu étais sérieux. J'en reviens pas, quel acteur !

Lucas a éclaté de rire à son tour et, soudain, je me suis senti stupide. J'étais persuadé d'avoir entendu une fille crier, la réaction de mes copains prouvait que je me trompais.

Une hallucination sonore. J'avais été victime d'une hallucination sonore. J'ignorais si le terme existait, mais en ce qui concernait le phénomène il n'y avait aucun doute.

Mon cœur s'est serré.

Une hallucination sonore. Comme trois jours plus tôt, lorsque je m'étais évanoui et qu'en reprenant conscience j'avais cru entendre deux femmes parler près de moi.

Deux hallucinations aussi rapprochées ? J'étais bel et bien en train de devenir fou !

– Tu peux te rasseoir, tu sais, m'a lancé Tom.

Je me suis appuyé à la table, j'ai fermé les yeux une seconde, pris ma respiration…

– Les gars, ai-je commencé, j'ai un problème. Je…

– *À moi ! À l'aide ! Non ! Nooooooon !*

Ce n'était pas une hallucination !

Ce ne pouvait pas être une hallucination !

Je me suis précipité vers la porte en bousculant la table et en manquant de faire tomber Lucas de sa chaise. La fille hurlait toujours. Elle était en danger. Il fallait intervenir.

– *Non ! Je ne veux pas mou…*

Le cri s'est arrêté net.

Au moment précis où je passais dans la cour.

J'ai jeté un coup d'œil fiévreux tout autour de moi, cherchant le tueur, la victime, le sang, la scène de massacre…

Rien. Rien d'autre que le spectacle paisible d'une fin d'après-midi dans la cour d'une ferme. Un chat gris jouait au funambule sur le faîte d'un toit, des ballots de foin attendaient dans un coin d'être rangés, tandis que la mère de Tom, assise sur un banc, commençait à plumer une poule.

Elle m'a jeté un drôle de regard.

– Ça ne va pas, Mattéo ? Tu es tout pâle.

– Je... je...

Profonde inspiration puis :

– Non, ça va. Merci.

Deuxième inspiration :

– Vous... vous êtes seule ? Je veux dire, il n'y a personne d'autre que vous ici ? Enfin, ici, dans la cour ?

– Mattéo !

La maman de Tom a lâché la poule et elle s'est précipitée vers moi. Au ralenti. En faisant de drôles d'enjambées qui ne servaient à rien. Elle me parlait mais je n'entendais pas. Sans doute parce que mes oreilles étaient occupées à filtrer le bourdonnement de la mouche géante qui s'était glissée dans mon cerveau.

Elle est arrivée à côté de moi – la maman de Tom, pas la mouche –, bon sang qu'elle était grande ! D'un autre côté, si je la trouvais si grande c'est peut-être parce que j'étais à genoux au milieu de la cour.

Non. Pas à genoux. Couché. Sur le dos.

La mouche sous mon crâne faisait de plus en plus de bruit. La maman de Tom hurlait en silence.

Puis quelqu'un a eu la bonne idée d'éteindre la lumière.

– Non, je vous assure, ce n'est pas grave. Un simple malaise vagal. C'est courant chez les garçons de son âge aussi actifs que lui.

Je connaissais cette voix mais il m'a fallu deux siècles et des poussières pour l'identifier : celle du docteur Apic !

Lorsque j'ai enfin réussi à mettre un nom sur la voix, un visage sur la voix et une fonction sur le visage, j'ai décidé d'ouvrir les yeux. Juste pour comparer avec la réalité le sandwich mental que je venais de fabriquer.

Bingo. C'était bien le docteur Apic. Il était debout près de la porte de ma chambre et tentait de rassurer ma mère. Je dis bien « tentait » parce qu'elle avait sa grimace des mauvais jours, maman, celle qui lui tord la bouche et fait briller ses yeux quand elle est vraiment inquiète.

Du coup, je ne me suis plus senti fatigué. J'ai cessé de me demander ce que je fichais tout habillé, en travers de mon lit, et la priorité des priorités s'est imposée à moi : rassurer maman !

– Salut, ai-je coassé.

Maman et le docteur se sont retournés d'un bond.

– Vous voyez ! a dit le docteur.

– Mattéo ! a hurlé maman.

J'ai ouvert la bouche pour ma phrase rassurante mais elle était déjà sur le lit et me serrait contre elle à m'étouffer.

– T'inquiète, ai-je néanmoins réussi à articuler, c'était une blague.

– Une blague ?

Elle a desserré son étreinte.

– Ben oui, Tom a tout inventé. La maîtresse n'a jamais dit que je serais dans la même chambre qu'Édouard.

Arthur

J'étais couché sur mon lit, maman, sa bouche toujours tordue par l'inquiétude, m'observait comme si une corne de rhinocéros avait soudain poussé au milieu de mon front, tandis que le docteur Apic se caressait le menton, l'air moins sûr de lui qu'une minute plus tôt...

Personne ne parlait.

À cet instant précis, cette histoire aurait pu s'orienter dans à peu près n'importe quelle direction mais le hasard a voulu que ce soit le docteur Apic qui prenne la parole en premier et ce qu'il a dit a scellé mon destin.

– Surmenage ! Ce garçon a besoin de repos. De repos complet. Pas d'école, pas de visites, pas de télé. S'il ne va pas mieux demain soir, je le ferai hospitaliser pour une série d'examens.

Il s'était exprimé avec une voix pleine d'assurance. Cette assurance que pépé appelle trompe-couillons et dont il dit que c'est la seule chose qu'apprennent les médecins en dix ans d'études.

Avec maman, ça a marché.

Sa bouche s'est un peu détordue et elle a répété, le soulagement faisant frissonner ses mots :

– Surmenage ? Besoin de repos ?

– Parfaitement, a insisté le docteur Apic. Surmenage ! Et repos total !

Ce n'était plus de l'assurance, c'était une certitude absolue, et avec moi aussi ça a marché.

J'allais évoquer les voix que j'entendais, je suis demeuré silencieux.

Si je racontais mes hallucinations, j'étais bon pour l'hospitalisation et ça, c'était hors de question. J'ai donc fermé ma grande bouche et j'ai scellé mon destin.

Hallucinations ou pas, je devais quand même être bien fatigué parce que je dormais et n'ai rien entendu lorsque maman est revenue dans ma chambre après avoir raccompagné le docteur. Elle m'a déshabillé, du moins je crois que c'est elle qui m'a déshabillé, enfin... j'espère que c'est elle qui m'a déshabillé, puis elle a bordé ma couette et fermé les volets, tout ça sans que j'ouvre un œil.

J'ai dormi d'une traite jusqu'au lendemain matin et je crois que j'aurais dormi une partie de la journée si je n'avais pas été réveillé par :

un frôlement,

un ronronnement,

un murmure.

Les trois en même temps.

Le frôlement et le ronronnement, je les connaissais bien. Ils allaient toujours de pair lorsque Arthur venait me dire bonjour à sa manière. Une manière douce et insistante.

Féline quoi. Le murmure était une nouveauté mais une nouveauté sympathique, si doux qu'il devait être un écho de mon dernier rêve.

– *Salut, Mattéo. Dis-moi, tu as sacrément roupillé. Même moi, je n'aurais pas fait mieux.*

Arthur a poussé ma main de la tête jusqu'à ce que je passe les doigts dans sa fourrure noire pour le caresser. Je refusais encore d'ouvrir les yeux pourtant, le connaissant bien, je savais que la grasse matinée était fichue.

Le ronronnement s'est accentué.

Le murmure a continué.

– *Oui, c'est parfait comme ça. Un peu plus haut... Entre les oreilles...*

Un peu plus haut ? Entre les oreilles ? J'ai commencé à me poser des questions. Des questions acides. Des questions aigres. Des questions âcres. Des questions désagréables.

J'étais bien réveillé maintenant, la voix n'était pas celle de maman, encore moins celle de papa, de Tom ou de Lucas.

Une nouvelle hallucination ? J'ai serré les mâchoires. Je… je… je…

– *Cool, Mattéo, quand tu t'énerves comme ça, tu crées de l'électricité statique, mon poil se hérisse et je dois ensuite me lécher pendant des heures pour qu'il redevienne lisse et soyeux.*

J'ignore comment j'ai réussi à rester immobile, j'ignore comment j'ai réussi à ne pas hurler mais une chose est sûre, je n'ai pas bougé et je n'ai pas crié.

J'ai juste chuchoté, en faisant bien attention à ne pas ouvrir les yeux :

– Euh… qui est là ?

Je crois, pour être honnête, qu'à cet instant précis je me doutais de la réponse.

N'empêche que lorsqu'elle est arrivée, je me suis senti dans la peau du steak haché quand on le balance sur le gril.

– *Ben… c'est moi. Arthur.*

Une seconde de silence puis un rire léger et :

– *Tu sais bien, Arthur… ton chat !*

Télépathie

La conversation qui a suivi est la plus dingue des conversations auxquelles j'ai participé de ma vie. Je m'étais assis en tailleur sur mon lit, Arthur, lui, était roulé en boule sur ma couette, remuant négligemment la queue tout en m'observant de ses yeux jaunes, et nous parlions.

Je parlais à mon chat.

Mon chat me parlait.

Et, croyez-moi, s'il arrive assez fréquemment que des humains s'adressent à leurs animaux de compagnie, le contraire se présente bien moins souvent. Pour ne pas dire jamais !

Arthur a très vite mis les choses au point :

– *Pourquoi fais-tu autant de bruit avec ta bouche ? Tu n'es pas obligé, tu sais.*

– Euh…

– *Est-ce que je fais du bruit avec ma bouche, moi ?*

– Euh… non.

– *Et est-ce que tu m'entends quand même ?*

– Euh… oui.

– *Alors fais comme moi. Parle en silence. Cela m'évitera d'avoir mal aux oreilles et à ta mère de s'inquiéter à propos de ton état mental si elle entre à l'improviste dans la chambre.*

– Euh… d'accord.

Vous devez penser, à la lecture de ce début de dialogue, qu'Arthur est beaucoup plus intelligent que moi. Vous le pensez, n'est-ce pas ? Eh bien, vous avez raison, et la suite va vous le prouver.

– Euh… Arthur, est-ce que…

– *En silence, Mattéo !*

Là, je me suis senti vraiment stupide. Parler à un chat n'était déjà pas simple, lui parler en silence dépassait mes capacités.

Stupide mais fier.

Me laisser impressionner par un vulgaire mangeur de croquettes ? Un animal qui se léchait pour faire sa toilette, qui avait peur du chien des voisins et ne regardait même pas la télé… Impossible !

J'ai choisi de le prendre de haut.

– Et comment veux-tu que je parle en silence, chat stupide ?

Arthur m'a lancé un regard désolé.

– *En utilisant un organe qui, je te le concède, est atrophié chez les humains.*

– Et quel est cet organe, monsieur le donneur de leçons ?

– *Ton cerveau.*

Rouge sur mes joues et petit moment de blanc dans la conversation.

Blanc dont Arthur a profité.

– *Si le chat stupide que je suis est capable de s'adresser directement à l'esprit de son interlocuteur, l'humain bouleversant d'intelligence que tu crois être devrait y parvenir aussi, non ?*

– Euh... tu veux dire par télépathie ?

– *Oui, même si le mot n'est pas vraiment adéquat puisque cette télépathie ne fonctionne qu'avec les animaux.*

– Mais... je ne suis pas télépathe.

Arthur a exhibé ses canines en une parodie de sourire qui aurait fait crever de trouille la plus courageuse des souris.

– *Si, tu l'es, mais, si cela peut te rassurer, je suis aussi surpris que toi. Vu les heures que tu passes avec tes copains à taper dans cette boule de cuir que tu appelles ballon, je trouve déjà remarquable que tu saches t'exprimer à voix haute. Alors par télépathie !*

J'étais à la fois dépassé par les événements, exaspéré par la prétention d'Arthur et, surtout, stupéfait par ce que je commençais juste à saisir. Moi, télépathe ?

Une seconde de réflexion et j'ai choisi de ne pas me formaliser de l'avis ridicule qu'Arthur portait sur le foot.

Ce n'était qu'un chat après tout.

– Tu es sûr que je suis... télépathe ?

– *Télépathe avec les animaux. Oui. Et si tu veux le vérifier, il te suffit de fermer ta grande bouche et de continuer à parler.*

– *Co... comme... ça ?*

Arthur a bâillé.

– *Bravo,* a-t-il dit du ton de celui qui s'en fiche superbement.

– *Ça alors !* me suis-je exclamé en esprit. *Je suis télépathe !*

Puis un détail m'est revenu en mémoire et j'ai jeté un regard triomphant à mon chat.

– Je suis télépathe et tu t'es trompé, Arthur. Mon pouvoir fonctionne aussi avec les humains.

– Ah bon ?

– Il y a trois, non quatre jours, j'ai entendu deux femmes qui parlaient près de moi. Je ne les voyais pas et j'ai cru que j'étais victime d'une hallucination. La vérité, c'est qu'elles…

– Des vaches.

– … étaient loin et… Des vaches ?

– Oui, des vaches.

J'ai fermé les yeux une seconde, avant de les rouvrir pour un ultime assaut.

– Et hier ? La fille que j'ai entendue hurler chez Tom, dans la cour de la ferme ?

– Une poule.

– Une poule ?

– Oui, une poule. Tu sais, cet animal de l'ordre des gallinacés, avec des ailes qui ne lui servent à rien et un cerveau encore plus atrophié que celui des humains. Une poule.

– Mais…

– Elle appelait à l'aide, non ? Elles font toutes ça quand elles sentent que leur dernière heure est arrivée. Son cri s'est interrompu net, n'est-ce pas ?

– Euh… oui.

– Le cou de ces bestioles est terriblement fragile.

Arthur s'est étiré, a de nouveau bâillé, puis a poursuivi :

– Je suis de bonne humeur, Mattéo. Je vais donc t'apprendre une dernière chose et t'offrir un conseil. Tous les animaux sont télépathes mais ce pouvoir, comme tu dis, ne fonctionne pas d'une espèce à l'autre. Tu imagines si les chats étaient capables d'entendre les souris ?

Il a… souri !

Goulûment.

– Ce serait un délicieux carnage mais, hélas, ce n'est qu'un rêve ! Dommage pour les chats, tant mieux pour les souris. Toi, Mattéo, tu as de la chance, tu sembles capable d'entendre tous les animaux et de parler avec chacun d'eux.

Je me suis senti soudain très important et je me suis imaginé en train d'annoncer ça à Tom et Lucas.

Quelle classe !

Ils allaient verdir d'admiration !

Crever de jalousie !

– *Mon conseil maintenant,* a dit Arthur comme s'il lisait dans mon esprit, ce que, d'ailleurs, il faisait peut-être. *Garde cette histoire pour toi. Personne ne te croirait si tu la racontais – les humains sont aussi incrédules qu'imbéciles – et insister ne t'apporterait que des ennuis. De gros ennuis.*

Il s'était exprimé sur un ton paisible qui ne laissait planer aucun doute sur le fait qu'il avait raison. Si certains d'entre vous ont déjà entendu un chat parler dans leur tête, ils sauront ce que je veux dire. Les autres, vous serez obligés de me croire.

Arthur savait ce qu'il disait et j'avais tout intérêt à suivre son conseil.

Les chats, les animaux et les choses

Je me sentais en pleine forme, pourtant maman a refusé que je me lève.

– Non, Mattéo, le docteur Apic a dit repos total jusqu'à ce soir. Tu ne quitteras pas ce lit tant qu'il ne t'aura pas ausculté.

– Mais...

– Non, Mattéo !

Je n'ai même pas réussi à négocier le droit de jouer avec ma console et maman a poussé le zèle jusqu'à confisquer les BD prêtées par Lucas et que je n'avais pas encore eu le temps de lire.

– Repos total ! a-t-elle répété en quittant ma chambre, les BD sous le bras.

Je suis bagarreur, d'accord, mais je sais admettre quand j'ai perdu et je me suis résigné à me morfondre toute la journée.

Attention, ne vous leurrez pas. Je n'étais pas contrarié de rater l'école.

Il me semblait avoir entendu parler d'un contrôle de géographie, ou d'histoire peut-être, mais pas de façon assez insistante pour me donner envie de réviser, et j'étais bien content de ne pas avoir à placer des fleuves sur une carte à moins que ce soit des noms derrière des dates.

J'arrivais même à accepter l'idée de ne pas jouer au foot pendant vingt-quatre heures et j'étais franchement heureux de ne pas devoir supporter, pendant ce temps, la face d'anchois d'Édouard.

Vraiment, en toute honnêteté, promis, juré, craché, je me serais satisfait d'une journée de repos forcé, si je n'avais pas été rongé par l'envie de tester mon nouveau pouvoir.

Et avant de le tester, de vérifier si je le possédais bel et bien.

Mettez-vous à ma place. Arthur avait quitté la chambre sans daigner me dire au revoir et j'avais beau tendre l'oreille, mon oreille intérieure, je ne captais pas la moindre voix.

De deux choses l'une, soit aucun animal n'était à portée de perception, soit j'avais rêvé ce qui m'était arrivé.

Inutile de préciser que je préférais de loin la première des deux explications !

En fin d'après-midi, j'ai repéré une petite araignée cachée derrière le radiateur. Je me suis agenouillé près d'elle et j'ai tenté de lui adresser la parole.

D'abord télépathiquement :

– *Bonjour, mignonne...*

Puis, voyant qu'elle ne réagissait pas, à voix haute :

– Bonjour, toi !

L'araignée n'a pas bronché d'un millimètre. J'avoue que ça m'a un peu énervé.

– Ta mère ne t'a jamais appris que c'est grossier de ne pas répondre quand on te parle ?

Silence radio chez l'arachnide.

– Tu sais que si je te mets une claque, ça va te faire tout drôle ?

Ah ! Un début de frémissement. Avait-elle compris qui était le chef ?

Non. Elle avait juste décidé de changer de position. Peut-être une crampe dans une de ses huit pattes...

– Je compte jusqu'à trois. À trois, si tu ne m'as pas répondu, je te...

– *Les araignées ne savent pas compter, Mattéo !*

La voix avait résonné dans ma tête mais aussi dans mon dos et, de surprise, je me suis cassé la figure. Arthur, c'était lui, bien sûr, m'a jeté un regard mi-rieur, mi-dédaigneux.

– Joli sens de l'équilibre.

– *C'est bon,* ai-je rétorqué vexé. *Tu veux que je te rappelle le bond que tu as effectué l'autre jour quand j'ai imité le chien du voisin près de ton oreille ?*

Arthur a préféré changer de sujet.

– *Qu'est-ce que tu faisais avec cette araignée ?*

– *Ben... j'essayais de lui parler.*

– *Ah.*

– *Ne suis-je pas censé pouvoir parler à tous les animaux ?*

– *Les araignées ne sont pas des animaux.*

Il a sauté sur mon lit avec une élégance que je n'ai pu m'empêcher d'envier. Surtout quand j'ai essayé de l'imiter et que je me suis pris les pieds dans la couette.

– *Tiens donc*, ai-je ironisé afin de masquer mon embarras. *Les araignées ne sont pas des animaux ?*

– *Non*, a-t-il répondu avec un remarquable aplomb. *Pas plus que les mouches, les vers de terre ou les poissons rouges.*

– *Très intéressant. Et je suppose que tu es sûr de toi ?*

– *Certain. Un animal parle. L'araignée ne parle pas, ce n'est donc pas un animal.*

L'argument a fait mouche.

Je savais que la maîtresse n'aurait mis que trois secondes à le réfuter mais je ne suis pas très doué en sciences et je me suis contenté de hocher la tête en me grattant le crâne, ce qui n'a pas dû me donner l'air très malin.

Arthur a eu la délicatesse de ne pas s'appesantir.

– *Je suis certain que tu meurs d'envie de tester ton pouvoir.*

– *Exact, sauf que je suis coincé ici et que l'araignée étant... Dis, Arthur, si ce n'est pas un animal, c'est quoi une araignée ?*

– *Une chose.*

– *Une chose ?*

– *Oui, une chose. Dans l'univers, il y a les chats, les animaux et les choses.*

– *Et les humains ?*

– *Les humains sont-ils des chats ?*

– *Euh… non.*

– *Des choses ?*

– *Non plus.*

– *Alors tu as la réponse à ta question.*

– *Je… je vois.*

Il n'a pas paru se formaliser de ma surprise et il a poursuivi :

– *J'ai attrapé une souris pour toi. Pour que tu puisses lui parler. Mais…*

– *Mais ?*

– *J'ai craqué.*

– *Tu as craqué ?*

– *Oui. Elle était dodue à point. Irrésistible. Hum… Un délice. Tu as déjà mangé une souris ?*

– *Euh… non.*

Regard étonné.

– *Tu ne sais pas ce que tu perds, Mattéo. Quand son ventre palpite encore et que ton premier coup de dents la…*

– *C'est bon, Arthur,* l'ai-je interrompu en frissonnant. *Je n'ai pas besoin de ces détails dégoûtants.*

Il a eu l'air vexé.

– *Puisque c'est comme ça…* a-t-il maugréé.

Il s'est faufilé hors de ma chambre avant que j'aie compris qu'il partait.

– Attends ! ai-je crié à haute voix.

– Tu m'appelles ? a demandé maman depuis le salon.

– Non, lui ai-je répondu, je parle au... je m'amuse.

J'ai poussé un grognement. Arthur ne reviendrait pas, c'était certain. J'allais devoir attendre le lendemain pour utiliser à nouveau mon pouvoir.

Du moins si le docteur Apic m'estimait guéri.

À l'idée d'une journée supplémentaire de repos forcé, je me suis senti devenir l'animal qu'Arthur voyait en moi. Mes lèvres se sont retroussées, un goût de sang a envahi ma bouche et j'ai eu l'impression de sentir le ventre du docteur palpiter, tandis que mes dents...

Mon petit chaton en sucre...

Le docteur Apic m'a ausculté longuement et, sans le savoir, a sauvé sa vie en diagnostiquant ma guérison complète.

– Rien de grave, a-t-il eu le culot d'affirmer. Je l'aurais parié.

Rien de grave ? Et ma journée fichue alors ?

J'ai dissimulé un rictus d'exaspération sous un éternuement factice et, poings serrés, j'ai regardé partir le docteur. Avec son ventre intact.

Comme je m'y attendais, Arthur n'a pas reparu mais ce n'était pas très important parce que, autorisé à me lever, j'ai retrouvé ma liberté de mouvement.

Je me suis empressé d'utiliser cette liberté pour me planter devant la télé puis, lorsque ma mère m'a obligé à l'éteindre, en attrapant ma console de jeux puis, lorsque ma mère m'a obligé à l'éteindre, en me plongeant dans les BD de Lucas puis, lorsque ma mère m'a obligé à les éteindre, en...

Quoi ?

On ne dit pas éteindre une BD ?

D'accord. Si vous voulez.

Lorsque ma mère m'a obligé à refermer les BD de Lucas, j'aurais volontiers invité les copains à une partie de foot mais il était neuf heures du soir et quand ma mère m'a proposé de téléphoner à Louise pour savoir ce qu'ils avaient fait en classe pendant mon absence, je me suis senti soudain très fatigué.

– Je crois que je devrais me coucher, ai-je dit en simulant un bâillement.

Ma mère a aussitôt oublié son idée, ce qui était le but recherché, mais elle m'a aussi obligé à assumer la mienne, ce que je n'avais pas du tout prévu. Je me suis retrouvé au lit, convaincu que le sommeil risquait d'être sacrément long à venir.

Sacrément long, je m'en suis aperçu, est une notion très relative. Démonstration ?

Un, je me suis glissé sous ma couette.

Deux, j'ai fermé les yeux.

Trois, je dormais.

J'ai rêvé que j'étais un chat et j'ai passé la nuit à pourchasser des souris qui avaient toutes la tête du docteur Apic.

– Tu es sûr que tu veux aller à l'école à pied ?

– Certain, maman. Apic a dit que j'étais guéri, non ?

– Le docteur Apic.

– D'accord. Le docteur Apic a dit que j'étais guéri, non ?

– Sauf que...

J'ai compulsé en urgence ma collection de voix et j'ai choisi la plus douce. Celle qui, normalement, la fait fondre.

– Maman, tu es géniale, très très jolie, super gentille et tout et tout, mais...

– Mais ?

Elle a froncé les sourcils.

J'ai pris une inspiration et je me suis jeté à l'eau.

– Mais si tu m'emmènes à l'école en voiture, c'est la honte totale. Les filles vont se moquer de moi, les copains ne m'adresseront plus la parole et cet abruti d'Édouard, je veux dire Édouard, tiendra enfin la victoire de sa vie. Je serai grillé, définitivement grillé, condamné à rester jusqu'à la fin de mes jours le petit garçon à sa maman. Il vaudrait mieux que j'arrête tout de suite mes études. Ce serait plus sage et moins douloureux.

– Dis, Mattéo?

– Oui?

– Tu n'as pas l'impression d'exagérer un peu?

J'ai hoché la tête.

– Oui, un peu mais ce qui est sûr, c'est que je préférerais vraiment y aller à pied.

Elle a souri. J'avais gagné.

– D'accord. Toutefois je te préviens : au moindre début de commencement de malaise, je t'accompagne à l'école en te tenant par la main, je te couvre de bisous dans la cour de récréation et je t'appelle mon petit chaton en sucre devant tous tes copains. Jusqu'à la fin de l'année!

Glups.

Elle plaisantait. Je savais qu'elle plaisantait mais un frisson de terreur m'a néanmoins transformé en glaçon. Mon petit chaton en sucre ? Plutôt mourir !

Il m'a fallu la moitié du trajet pour cesser de trembler.

Vachement sympa !

On s'habitue à tout, vous savez, même à la télépathie et il n'y aurait pas eu dans ma vie de quoi écrire un livre si des événements sacrément plus dramatiques n'étaient pas survenus.

Des événements qui tournent autour de sales types comme l'Éclipseur ou le Briseur.

Des événements qui…

Stop Mattéo ! Ne t'emballe pas. Si tu commences à raconter dans le désordre, c'est fichu. Reprends-toi !

Bon.

Je vais vous raconter ma première discussion avec un autre animal qu'Arthur.

Je venais de sauter le ruisseau et m'apprêtais à pénétrer dans le bois Gentil lorsque j'ai aperçu les deux vaches qui avaient assisté à mon évanouissement l'avant-veille. Les deux vaches que j'avais entendues parler sans me douter une seconde, à l'époque, que je vivais ma première expérience de télépathie.

Elles ruminaient, l'air si placide et, pour être honnête, si stupide qu'une fois encore j'ai douté. Qu'Arthur soit capable de s'exprimer, je parvenais à le concevoir. D'abord parce que je l'avais expérimenté, ensuite parce que c'était mon chat et qu'il était particulièrement intelligent.

Arthur, oui, ces deux pondeuses de bouses au cerveau de lombric, non !

Je devais vérifier.

Je me suis accoudé à la barrière et lorsqu'elles ont levé vers moi leur regard aussi vide qu'un pot de Nutella après un goûter du mercredi, je me suis lancé :

– *Salut les filles !*

Vous avez déjà vu une vache sursauter ? Et deux vaches ?

Promis, ça vaut le coup !

Le salto arrière n'était pas loin pour la blanche à taches noires et, un instant, j'ai cru que la plus grosse, une marron clair, allait faire une syncope. Elle s'est mise à rouler des yeux effarés, à battre des oreilles avec frénésie et sa queue s'est transformée en ventilateur. En ventilateur pris de folie.

– *Calme-toi, Henriette,* a fait sa copine.

Là, c'est moi qui ai sursauté. Le doute n'était plus possible. Cette vache parlait bel et bien !

Non, elles parlaient. Au pluriel.

– *L'humain,* a balbutié la grosse, *il... il...*

– *Chut, calme-toi.*

– *Mais il... il...*

– *Oui, je sais, j'ai entendu comme toi.*

– *Mais...*

– *Non, meuh.*

– *Meuh ?*

– *C'était une blague, Henriette. Pour te faire sourire et te détendre. Tu sais ce qu'a dit le vétérinaire. Si tu stresses, ton lait va tourner.*

Je me suis gratté le crâne. Assez surpris.

Certes, mon intervention les avait mises dans un drôle d'état mais elles semblaient m'avoir complètement oublié. À vrai dire, elles ne me regardaient même plus. Je me suis gratté la gorge. Télépathiquement. Si, si, c'est possible. Et je me suis adressé à elles.

En utilisant ma voix numéro trois, la sensée, celle que j'emploie pour convaincre maman que, bien sûr, je suis fin prêt pour mon contrôle de maths et peux donc aller jouer au foot avec mes copains.

– *Euh... excusez-moi, mesdames, pourriez-vous m'accorder un peu de votre temps ? Je souhaiterais vous poser quelques questions.*

Nouveau sursaut. Moins marqué celui-là. Leurs yeux se sont tournés vers moi, affolés, et j'ai compris qu'elles n'étaient pas loin de s'enfuir au triple galop.

– *Une minute ou deux, pas plus,* ai-je insisté. *Ensuite je m'en irai et je ne vous ennuierai plus.*

Hésitation bovine puis la grosse, celle qui s'appelait Henriette, a murmuré :

– *Vas-y toi, Ballerine, parle-lui.*

J'ignore comment j'ai réussi à ne pas éclater de rire. Ballerine ! Une vache pesant plus de six cents kilos ! Pourquoi pas Libellule ou Papillon ?

Sans paraître remarquer mon sourire hilare, Ballerine a effectué trois pas hésitants dans ma direction.

– *Vous... vous... êtes un... Parleur ?* a-t-elle bafouillé.

– *Un quoi ?*

– Un Parleur. Un homme qui parle aux animaux.

– Euh… je ne suis pas un homme, enfin… si, je suis un homme mais jeune, un enfant quoi et euh… oui, je parle aux animaux, enfin… pour l'instant à un chat et à vous deux, plus à une poule que j'ai entendue crier mais qui est morte avant que j'aie la possibilité de lui adresser la parole parce que, hier encore, je…

– Vous ne pourriez pas faire des phrases plus courtes ? m'a interrompu Ballerine.

– Pardon ?

– Des phrases plus courtes. Ce que vous dites serait plus clair et donc plus intéressant. Pour l'instant, je vous l'avoue, c'est confus et un peu ennuyeux.

Confus et ennuyeux ? La vache ! Elles récupéraient vite de leurs émotions, ces bestioles. Et une des deux au moins avait le sens de la répartie. Après Arthur, Ballerine. Étais-je destiné à me faire moucher par des animaux ?

Henriette s'est approchée à son tour.

– *Vous êtes vraiment un Parleur?* m'a-t-elle demandé.

J'ai bombé le torse pour me donner une contenance et j'ai mis un pied sur la planche la plus basse de la barrière. Il me manquait juste les bottes et le chapeau pour me transformer en parfait cow-boy.

– *Ouais,* ai-je rétorqué. *Je suis un homme et je parle aux animaux. Je suppose donc que je suis un Parleur. Alors, ma belle, émue?*

J'étais assez fier de ma tirade, Henriette s'est chargée de calmer ma joie.

– *Non, pas vraiment. J'imaginais les Parleurs plus grands, plus forts, plus beaux... Pour tout dire, plus impressionnants.*

J'ai ouvert la bouche.

J'ai refermé la bouche.

D'abord parce qu'ouvrir la bouche ne sert à rien pour s'exprimer par télépathie.

Ensuite parce que je n'avais rien à répliquer.

– *Henriette,* l'a sermonnée Ballerine, *si le petit humain est un Parleur, tu lui dois respect et assistance.*

– *Et puis quoi encore?* a protesté la grosse.

– *Tu n'as pas le choix. La règle est catégorique à ce sujet. Tu le sais, non?*

Henriette a marmonné un « oui » qui sonnait comme un gros mot en cinq lettres.

– *Henriette !* a menacé Ballerine. *Je vais me fâcher !*

Je n'avais aucune envie que les deux copines se disputent à cause de moi et la sagesse me soufflait de me retirer discrètement, mais j'avais vraiment envie d'en apprendre davantage sur cette mystérieuse règle.

J'ai décidé de patienter une minute avant de filer et j'ai eu bien raison.

Henriette a grommelé quelques secondes puis elle s'est mise à brouter, me tournant ostensiblement le dos, tandis que Ballerine prenait un air confus. Pour autant qu'une vache puisse prendre l'air confus.

– *Je suis désolée,* a-t-elle déclaré. *Ce n'est pas une mauvaise bête mais son caractère la dessert. En quoi pourrais-je vous être utile ?*

– *Vous avez parlé d'une règle…*

Végétarien

– Saleté de chat, tu ne perds rien pour attendre !

J'étais vraiment en colère et, alors que j'arrivais devant l'école, je me voyais, de retour à la maison, attraper Arthur par la peau du cou et planter mes yeux dans les siens pour exiger des explications.

Et il avait intérêt à ce qu'elles soient limpides, ses explications, s'il ne voulait pas finir dans la mare après un vol plané de vingt mètres depuis la fenêtre de ma chambre. Chouette idée, ça. Je m'imaginais déjà bien champion du monde de lancer de chat, spécialisé dans le lancer d'Arthur.

Arthur ! Faux jeton ! Traître ! Menteur par omission !

Quoi ? Vous ne comprenez rien ? Vous n'avez pas deviné ? Vraiment pas ?

D'accord, je vous raconte.

La règle, je devrais dire la Règle, avec une majuscule, régit les rapports entre les animaux et les Parleurs, les humains qui, comme moi, possèdent le pouvoir de leur parler par télépathie. C'est Ballerine qui me l'a expliqué. La Règle est simple. Le Parleur n'a pas le droit d'utiliser son pouvoir pour nuire aux animaux, par exemple pour les repérer et les chasser avec plus d'efficacité. En échange, les animaux lui doivent respect et assistance.

Une Règle simple dont l'unique objectif est de faire en sorte que ce don de télépathie ne devienne pas un grand n'importe quoi.

Vous avez entendu ? Respect et assistance !

Arthur, roi des fourbes, s'était bien gardé de me parler de cette Règle. Vous vous en doutiez n'est-ce pas ? Il avait joué les grands seigneurs donneurs de leçons et de conseils hautains, s'était montré susceptible et ombrageux, n'avait pas hésité à m'abandonner à ma solitude lorsque ma présence l'avait lassé, tout cela alors qu'il me devait respect et assistance !

J'allais le réduire en chair à pâté. Non, en chair à pâtée !

Bon... les retrouvailles avec les copains, l'intérêt des filles lorsque je leur ai raconté mon évacuation en hélicoptère – mais non, ce n'est pas un mensonge, juste une exagération –, la gentillesse de la maîtresse m'ont rapidement fait oublier l'hypocrisie d'Arthur.

J'ai passé une chouette matinée et, sans que j'y prenne garde, mon pouvoir est passé au second plan de mes préoccupations... puis au troisième. Je ne pouvais en parler avec personne et la télépathie animale n'a finalement que peu d'utilité pratique pour un élève de mon âge.

Le foot en revanche...

Nous avons disputé un match de fous à la récré, ce qui m'a permis de planter trois buts à cet abruti d'Édouard qui se prend pour un goal alors qu'il a des pieds à la place des mains. Et une paire de fesses à la place du cerveau. Un régal !

Leçon de conjugaison pas trop difficile, trois exercices de maths et, lorsque nous sommes rentrés à la cantine pour le repas de midi, j'avais le sentiment que ma vie était redevenue normale.

Ça n'a pas duré.

En entrée, carottes râpées et œuf dur. J'ai mangé l'œuf dur. Rien à dire. Le plat de résistance a généré un concert d'applaudissements : steak frites. Un concert d'applaudissements et un haut-le-cœur. Le mien. Je me suis penché vers Tom.

– Dis, le steak… c'est du bœuf?

– Ben ouais. Sauf si c'est un steak de kangourou.

– Et le bœuf c'est… une sorte de vache?

Tom m'a jeté un regard inquiet.

– Si on ne s'occupe pas des détails, ouais, une sorte de vache, si tu veux.

Mon haut-le-cœur est devenu nausée. Terrible. J'avais dans mon assiette un morceau de Ballerine. Ou de sa cousine ou de son beau-frère, ou de son grand-père, cela ne faisait guère de différence. J'étais censé manger un morceau d'une créature avec laquelle j'avais discuté ou avec laquelle j'aurais pu discuter. Le mâcher, l'avaler, le digérer…

Je me suis levé d'un bond. Je suis arrivé aux toilettes juste à temps pour vomir.

Rassurez-vous, je ne suis pas retombé malade – je n'ai d'ailleurs pas l'intention de retomber malade dans cette histoire – et personne, pas même Tom, ne s'est aperçu de rien.

Je me suis lavé la figure, j'ai regagné la cantine et mangé mon dessert, un yaourt à la fraise. J'ai joué au foot avec les copains, suivi un après-midi de classe normal, encore joué un peu au foot avec les copains et je suis rentré chez moi. Heureux de vivre. Et porteur de deux changements que j'avais tout mon temps pour comprendre et apprivoiser.

J'étais télépathe.

Et j'étais végétarien. Définitivement.

Règlement de comptes

– *Arthur, viens ici !*

Vous avez déjà essayé de crier par télépathie ? Non, évidemment, puisque vous n'êtes pas télépathe !

Eh bien, laissez-moi vous dire que ce n'est pas fastoche. Mais alors pas fastoche du tout ! Un peu comme jouer du piano avec des moufles ou dire à une fille qu'elle est aussi jolie qu'un coucher de soleil sur la mer.

On en a très envie, on se concentre, on se lance… et ça rate.

Le morceau de piano ressemble à une dégringolade de casseroles et la fille vous regarde comme si vous étiez un hamburger moisi oublié sur un banc.

Enfin... je dis ça mais je ne joue pas du piano.

Bon d'accord, je ne joue pas du piano et je n'ai jamais déclaré à une fille qu'elle était aussi jolie qu'un coucher de soleil sur la mer. En fait je n'ai jamais rien déclaré du tout à une fille.

Bon, voilà que je m'égare encore... Je me reprends et je reprends.

Crier par télépathie n'est pas fastoche mais j'étais en colère et je crois que mon hurlement silencieux a été efficace parce qu'Arthur n'a mis que cinq minutes à tourner la tête dans ma direction.

– *Oui ?*

Un mot. À la fois un soupir fatigué, une question insolente et une remarque ironique sur le manque de classe qui me faisait ainsi vociférer.

Tout ça en un seul mot.

Ce chat est un phénomène.

Ce chat est un phénomène, d'accord, mais je n'avais pas l'intention de me laisser intimider.

– *Dis-moi, mangeur de souris, tu as déjà entendu parler de la Règle ?*

Silence.

Un silence qui a duré une bonne minute. Suffisamment long pour que la colère menace de me sortir par les trous de nez. D'autant qu'Arthur s'était replongé dans la contemplation de la cheminée où brûlait le premier feu de la saison et m'ignorait de toutes ses forces.

– *Arthur ! Je t'ai posé une question !*

Mon chat a daigné me gratifier d'un regard jaune où brillait une lueur vaguement curieuse.

– *Ah bon, c'était une question ?*

Du calme, Mattéo, n'oublie pas, tu es végétarien désormais et, de toute façon, même lorsque tu ne l'étais pas, tu n'aurais jamais mangé du chat. Inutile donc d'imaginer que tu découpes Arthur au couteau et à la fourchette.

– *Oui, monsieur, c'était une question. Et je peux t'en poser d'autres des questions. Pourquoi ne m'as-tu pas parlé de cette fichue Règle ? Pourquoi ne la respectes-tu pas ? Pourquoi te crois-tu en droit de te montrer aussi prétentieux ?*

– *J'ai oublié.*

– *Quoi ?*

Ça y est, je maîtrisais le cri télépathique à la perfection.

– *J'ai oublié.*

J'ai serré les poings.

– *Arthur, je ne te demande pas de répéter mais de t'expliquer.*

Mon chat a soupiré. Si, je vous assure, il a soupiré.

– *Que les humains sont patauds ! Comment veux-tu que je comprenne ce que tu veux, Mattéo, si tu t'exprimes avec autant de maladresse ? Si tu dis « quoi », et même si tu aurais dû dire « comment », je pense que tu as mal entendu et je répète.*

– *Arthur, je vais m'énerver !*

La menace qui brûlait dans mes mots n'a pas paru l'inquiéter mais il a néanmoins daigné répondre.

– *Tu n'as aucune raison de t'énerver, Mattéo. Tu me poses trois questions, il est normal que je t'offre trois réponses. Ta première question était : pourquoi ne m'as-tu pas parlé de cette fichue Règle ? Tu noteras d'ailleurs en passant que « fichue Règle » est une expression dissonante qui donne de toi l'image d'un rustre. Ma réponse est : j'ai oublié. Comprends par là que j'ai oublié de te parler de cette Règle que tu qualifies de fichue. Cela peut arriver à tout le monde, non ?*

Considérant que ce point-là était clos, il s'est étiré avec nonchalance avant de poursuivre :

– *Ta deuxième question, maintenant, qui est davantage une affirmation qu'une question. Selon toi je n'honore pas la Règle. C'est faux, Mattéo. La preuve, j'éprouve le plus grand respect pour toi et, depuis que tu es devenu télépathe, je t'aide de mon mieux.*

– *Tu m'aides en me laissant seul dans ma chambre, en refusant de me parler, en ne répondant pas lorsque je t'appelle ? Tu as une drôle de conception de l'aide, toi !*

– *Tu dramatises, Mattéo. Certes, hier, j'ai eu un mouvement d'humeur mais tu ne peux m'en tenir rigueur. L'erreur est humaine, dit-on. Ne peux-tu concevoir qu'elle soit également féline ?*

Il a poussé un deuxième soupir.

– *Quel manque d'ouverture... Venons-en à ta troisième question. Pourquoi me crois-je en droit de me montrer aussi prétentieux ? Parce que je suis un chat, Mattéo. Tu passes des heures à transpirer en courant derrière un ballon parce que tu es un garçon, je suis prétentieux parce que je suis un chat. Question de nature.*

Arthur a bâillé, découvrant une double rangée de crocs aussi effilés que des aiguilles et, soudain, je n'ai plus eu envie qu'il continue. Trop tard.

– *Tu es un garçon, je suis un chat. Tu te cures le nez, je lustre ma fourrure. Tu trottines, je bondis. Tu roupilles, je somnole. Tu ronfles, je ronronne. Tu es un footballeur, je suis un prédateur. Question de nature, Mattéo. Avais-tu d'autres questions à me poser ?*

Je n'ai pas hésité longtemps.

– *Euh… non, ça ira. Merci. Dis, Arthur ?*

– *Oui ?*

– *Cette fameuse Règle, tu vas… tu vas continuer à…*

– *À la respecter ? Bien sûr. Compte sur moi.*

Crier par télépathie est difficile.

Rire par télépathie l'est encore davantage.

Sans réelle surprise, je me suis aperçu qu'Arthur y parvenait parfaitement.

Un drôle de type

Les jours se sont écoulés, les semaines enchaînées, et le voyage à Paris s'est peu à peu glissé au cœur de notre quotidien, accaparant notre attention, nos conversations et jusqu'à nos récréations. À quinze jours du départ, notre classe vivait dans une attente fébrile, joyeuse, débridée, et la maîtresse elle-même ressemblait davantage à une extraterrestre prévoyant un voyage intersidéral qu'à l'institutrice qu'elle avait toujours été.

Notre dernière dictée se perdait dans les brumes du passé, les cours de géographie étaient centrés sur notre itinéraire ou le plan du métro, ceux d'histoire sur les monuments que nous allions visiter.

Nous lisions des extraits de romans décrivant la capitale française, en maths nous calculions la quantité d'essence qu'il faudrait au car pour nous conduire de Sainte-Lucie jusqu'à Paris et nous effectuions des conversions entre le franc suisse et l'euro. Jamais nous ne nous étions autant régalés en classe !

Et la télépathie ?

Eh bien, croyez-moi si vous le voulez, je n'y pensais pas beaucoup.

Je m'étais expliqué avec Arthur. Il n'était pas pour autant plus respectueux qu'avant mais je l'aimais tel qu'il était et je n'avais pas envie qu'il change. Nous étions devenus de vrais amis lui et moi, et le soir, avant que je m'endorme, nous avions de longues discussions sur le sens de la vie, le goût des souris et le charme de la chatte du voisin.

Le matin et le soir, je m'arrêtais pour échanger quelques mots avec Henriette et Ballerine que je considérais désormais comme de bonnes copines. Nous avions décidé de nous tutoyer et elles ne manquaient pas de me rapporter les potins qui leur venaient aux oreilles, que ce soit au sujet des animaux de la ferme ou au sujet des humains vivant à proximité.

J'étais sidéré de constater l'étendue de leurs connaissances. À croire qu'elles avaient posé des micros partout dans un rayon de vingt kilomètres. De véritables espionnes. S'il y avait eu un Parleur à la CIA, je suis sûr qu'elles auraient été embauchées sur l'heure.

La télépathie m'avait permis de régler le problème qui m'opposait au chien de la mère Poulain, ou plutôt le problème qui l'opposait à moi puisqu'il avait décidé des années plus tôt qu'il finirait par me dévorer.

Il était attaché, heureusement, sauf quand il ne l'était pas, et nos courses-poursuites, toujours dans le même sens, s'étaient souvent soldées par un fond de pantalon arraché par ses crocs ou par un douloureux plongeon dans un roncier pour lui échapper.

– *Ça suffit maintenant!* lui ai-je lancé un matin alors qu'il s'élançait vers moi.

Il a freiné des quatre pattes et s'est vautré, assez lamentable, contre un poteau téléphonique.

– *Que… qui… tu… quoi…* a-t-il balbutié.

Je l'ai détaillé de la gueule jusqu'au bout de la queue. Malgré ses soixante kilos et sa tête de psychopathe, je ne le trouvais plus du tout effrayant. Je me suis agenouillé près de lui, notant avec satisfaction qu'il ne paraissait pas rassuré.

– *Je… je ne savais pas que tu étais un… Parleur…* a-t-il bafouillé.

Petit sentiment de supériorité vite réprimé. Ballerine et Henriette, comme Arthur, m'avaient expliqué que la télépathie n'impliquait pas une supériorité du Parleur mais un rapport d'égalité entre les animaux et lui. Je l'avais parfaitement compris et je n'avais aucune envie de profiter de la situation pour me venger de ce monstre.

Je n'avais pas non plus envie de m'en faire un copain et j'ai haussé les épaules.

– Maintenant, tu le sais, et tu vas arrêter de jouer au caïd, d'accord ?

Sans attendre sa réponse que je savais positive, je me suis redressé et j'ai repris mon chemin en sifflotant.

Arthur, Ballerine, Henriette, le monstre de la mère Poulain, une poignée d'animaux de la ferme lorsque je passais chez Tom, d'autres, sauvages, quand je traversais le bois Gentil, deux, trois chiens, quelques chats de gouttière... ma télépathie était agréable, toujours surprenante mais pas vraiment utile et donc pas vraiment utilisée.

Et comme je prenais garde à dissimuler mon pouvoir aux gens qui m'entouraient, les occasions de l'utiliser se montraient d'autant plus rares.

– Vous emmenez combien d'argent de poche ? a demandé Lucas.

Inutile de préciser à quoi il faisait allusion, nous ne parlions plus que du voyage à Paris lorsque nous effectuions ensemble le trajet vers l'école.

– La maîtresse ne veut pas qu'on prenne plus de cinquante francs, ce qui correspond à trente euros et des clopinettes, a répondu Tom.

Lucas a grimacé.

– Vous croyez que c'est possible d'acheter une carabine à air comprimé avec trente euros ?

Tom a secoué la tête.

– Non.

J'ai cru utile de préciser :

– Et même si tu en trouvais une à ce prix, tu ne la garderais que le temps que la maîtresse te la confisque. Parce que tu vois, ça m'étonnerait qu'elle soit d'accord pour que tu rapportes ce genre de souvenir.

– Tu crois ?

– Ouais !

Lucas a ruminé l'argument un moment puis il a haussé les épaules.

– T'as raison. J'achèterai un poignard.

Tom et moi avons échangé un regard entendu. Nous connaissions bien Lucas. Gentil, un peu rêveur et grande gueule. Il rapporterait des cartes postales.

Comme nous.

Nous sortions du bois Gentil lorsque Tom a tendu le bras.

– Hé, les gars, regardez ce type !

Il désignait un homme accroupi derrière un arbre à la lisière du bois. Grand, chauve, vêtu d'un costume sombre, il braquait une paire de jumelles sur l'école et observait les élèves qui se pressaient dans la cour. Nous nous sommes arrêtés.

– Qu'est-ce qu'il fiche là ?

La voix de Lucas n'avait été qu'un murmure, pourtant l'homme, comme s'il l'avait entendu, a tourné brusquement la tête dans notre direction. Il nous a observés un instant puis, sans se presser, il s'est relevé, a brossé son pantalon du revers de la main et s'est éloigné en direction du parking.

– Waouh, a soufflé Tom, c'était un agent secret ?

– Aucune idée, a répondu Lucas, mais il m'a filé les chocottes. Il n'avait pas l'air commode !

Pas l'air commode ?

S'il avait su, Lucas, à quel point il était en dessous de la vérité…

Boule de Billard et Golgoth

Le lendemain, un mercredi, j'ai revu l'agent secret. Celui que Tom, Lucas et moi, rapport à son crâne d'œuf, avions surnommé Boule de Billard.

Je me trouvais à Sainte-Lucie avec ma mère et nous sortions de la boulangerie lorsque je l'ai aperçu sur le trottoir d'en face.

Toujours vêtu de son costume noir, il se trouvait en compagnie d'un type bâti comme un Golgoth. Boule de Billard était pourtant grand et baraqué mais, à côté de son copain, il ressemblait à un poulet mort de faim.

Golgoth mesurait plus de deux mètres et il était aussi large qu'un ours culturiste.

Il portait un survêtement bleu taille XXXXXL, des chaussures de sport pointure 54 et sa démarche évoquait celle d'un mammouth qui se serait mis en tête d'être bipède. Question visage, si vous voulez un résumé, c'est facile : un monstre ! Nez bulbeux, dents avariées, menton inexistant, front fuyant, regard porcin, joues couperosées... À côté de lui, Quasimodo c'était Brad Pitt !

Il marchait droit devant, sans regarder où il posait les pieds, ce qui était compréhensible vu qu'il n'avait aucun besoin de faire attention. Quand un type comme lui se prend un mur en pleine figure, c'est le mur qui a mal.

Boule de Billard, en revanche, était vigilant pour deux. Il ne regardait pas les gens, il les scannait de haut en bas et on ne pouvait douter une seconde qu'il enregistrait dans le disque dur de sa mémoire le moindre détail, la moindre particularité de ceux et celles qu'il croisait.

Lorsque ma mère et moi sommes sortis de la boulangerie, il nous avait dépassés d'une dizaine de mètres pourtant il a tourné la tête dans notre direction comme si nous avions poussé un hurlement afin de l'alerter.

Il nous a balayés de son regard froid et j'ai senti qu'il créait une nouvelle entrée sur la fiche qu'il avait générée la veille en m'apercevant pour la première fois.

Maman ne s'est rendu compte de rien mais un frisson de mauvais augure m'a zébré le dos. Comme si j'avais été certain à cet instant précis que je n'en avais pas fini avec ces types.

Le lendemain, jeudi, après avoir discuté un moment avec Ballerine et Henriette, j'ai retrouvé Lucas et Tom près du ruisseau. Je m'apprêtais à leur raconter ma rencontre, ils m'ont pris de vitesse.

– On a revu Boule de Billard ! s'est exclamé Tom.

– Avec un autre type, du genre Hulk mais en plus gros et plus laid, a ajouté Lucas.

– Où ?

Mes copains ont échangé un regard gêné.

– Ben... a commencé Lucas, hier après-midi on a fait une partie de foot et...

– Attends, l'ai-je coupé, t'es pas obligé de tirer cette tête, tu sais. Je vous avais prévenus que je n'étais pas dispo, je ne vais pas vous en vouloir d'avoir joué sans moi.

Tom a grimacé.

– C'est que… sur le stade, on a retrouvé Antoine, Samuel, Mehdi…

– Et Édouard, a achevé Lucas.

– Quoi ?

J'avais poussé un cri et si j'avais été armé, j'aurais peut-être tiré. Au moins en l'air. Mes deux copains, mes deux amis, mes deux presque frères profitaient de mon absence pour jouer au foot avec mon ennemi juré ? Trahison. Incompréhension. Torture. Catastrophe.

– Te fâche pas, a tenté Tom. C'était un petit match de rien du tout.

– Et on n'était même pas dans son équipe, a ajouté Lucas.

J'ai soufflé un grand coup.

– Qui est-ce qui a gagné ?

– C'est justement ce qu'on voulait te raconter, a embrayé Lucas, soulagé que je sois parvenu à me contrôler. On menait deux à zéro quand Boule de Billard et l'autre Hulk…

– Golgoth.

– Quoi Golgoth ?

– Il ne s'appelle pas Hulk, il s'appelle Golgoth.

– Comment tu sais ça, toi ?

– J'en sais rien mais je trouve que Golgoth lui va mieux que Hulk. Je l'ai vu aussi. Hier, à Sainte-Lucie près de la boulangerie. Continue.

Encore honteux de m'avoir trahi, Lucas n'a pas osé me contredire. Il a juste hoché la tête avant de poursuivre :

– Donc Boule de Billard et Golgoth sont entrés sur le stade et nous ont parlé. Enfin, Boule de Billard nous a parlé. L'autre, le gros, je ne suis pas sûr qu'il en soit capable.

– Et qu'est-ce qu'il vous a dit ?

– Il nous a d'abord posé quelques questions sur Sainte-Lucie, sur l'usine de fromage, le lac, mais on sentait bien qu'il tournait autour du pot. Il a continué en nous demandant notre âge, si nous étions originaires de la région et si certains d'entre nous étaient nés à la maternité de la ville. C'était un peu lourd mais comme Golgoth nous regardait, on est restés polis. Il a fini par en venir à ce qui l'intéressait vraiment et tu sais ce qu'il voulait comme renseignement ?

– Ben non, je n'étais pas là !

– Il nous a demandé si l'un de nous était né le 21 mars !

J'ai sursauté.

– Le 21 mars ? Mais c'est ma date de naissance !

– On sait, a rétorqué Tom. C'est aussi celle d'Édouard et je te prie de croire qu'il s'est dépêché de le leur apprendre. Il était fier comme si on lui avait annoncé qu'il avait gagné au loto.

– Vous ne leur avez pas dit que je suis né le même jour que cet abruti ?

– Ben... non. On aurait dû ?

J'ai réfléchi une seconde.

– Non. Ils ne me plaisent pas ces types. Et après ?

– Après, ils nous ont posé encore quelques questions mais c'était évident que seul Édouard les intéressait. Quand ils sont repartis, ton copain nous a...

– Ce n'est pas mon copain !

– Humour, Mattéo, humour ! Quand ils sont repartis, Édouard nous a pris la tête en nous expliquant que Boule de Billard et Golgoth étaient de célèbres cinéastes qui allaient l'embaucher pour tourner la suite d'Indiana Jones à la place de Harrison Ford, qu'il allait devenir riche, célèbre et...

– Bref, a fait Lucas, il nous a fatigués et on est partis. Qui sont ces types d'après toi ?

– Aucune idée mais ils ne me plaisent pas et s'ils s'intéressent à Édouard, je les trouve particulièrement louches.

Nous étions arrivés devant l'école, et, comme souvent, nous n'étions pas en avance. Nous avons couru jusqu'à la classe, rattrapant les autres juste avant qu'ils entrent. Nous nous sommes installés à nos places et nous avons commencé à travailler.

L'ambiance sentait la bonne humeur, l'air sentait presque les vacances, et moi je me sentais euphorique.

Ce n'est qu'une heure plus tard, quand la maîtresse nous a rendu nos cahiers de conjugaison, que j'ai compris les raisons de cet étrange bien-être.

La place d'Édouard était vide.

Cet abruti d'Édouard

La nouvelle est tombée en début d'après-midi, quand une voiture de police s'est garée devant l'école. Par la fenêtre, nous avons vu deux policiers en sortir, traverser la cour et entrer dans le bureau du directeur.

Moins d'une minute après, le directeur a ouvert la porte de notre classe. Pour aller aussi vite, il avait dû courir, ce qui est interdit dans les couloirs mais personne n'a osé lui en faire la remarque.

– Pouvez-vous m'accompagner ? a-t-il demandé à la maîtresse.

Il s'est tourné vers nous.

– Soyez sages, nous a-t-il ordonné, ce ne sera pas long. Je compte sur vous !

Un quart d'heure et un sacré chahut plus tard, la maîtresse est revenue.

Elle avait l'air consternée et, quand elle a pris la parole, sa voix tremblait.

– L'un d'entre vous a-t-il aperçu Édouard ce matin ?

Dans les films, quand quelqu'un est enlevé, on sait qui a fait le coup, comment l'enlèvement s'est déroulé, qui est chargé de l'enquête et, surtout, on sait que l'histoire va bien finir.

Dans la vraie vie, on ne sait rien et ça fiche la trouille. La trouille et une vilaine angoisse au creux du ventre. Même quand le type qui a disparu est Édouard.

Chacun de nous a raconté ce qu'il savait à la police, on a décrit Boule de Billard et Golgoth puisque les soupçons se portaient évidemment sur eux. Tom et Lucas ont essayé de répéter le plus fidèlement possible leurs paroles de la veille, j'ai parlé de leur présence à Sainte-Lucie devant la boulangerie…

Les deux policiers ont pris des notes, nous ont recommandé de les avertir si un détail nous revenait en mémoire, puis ils sont repartis.

Inutile de vous dire que nous n'avons pas beaucoup travaillé cet après-midi là !

Les filles, terrorisées, ne tenaient pas en place, elles demandaient que leurs parents viennent les chercher, posaient des tas de questions. Bon, les garçons aussi agissaient comme ça sauf qu'ils n'étaient pas terrorisés. Enfin… un peu moins que les filles. Peut-être.

À un moment, Louise s'est mise à pleurer et je me suis demandé brièvement si elle aurait pleuré plus fort si c'était moi qui avais disparu. J'ai pensé que oui, et je me suis senti content. Elle est jolie, Louise.

Il était presque l'heure de la sortie et je discutais avec Tom et Lucas afin de décider s'il était raisonnable de traverser seuls le bois Gentil, lorsque le directeur a ouvert la porte à la volée.

– Ils l'ont retrouvé ! a-t-il crié. Ils l'ont retrouvé !

L'intrusion et le cri du directeur n'ont pas arrangé l'état de nerfs de la maîtresse, elle a été obligée de s'asseoir sur l'estrade et pendant cinq bonnes minutes tout le monde a parlé en même temps, si fort que personne n'entendait personne, ce qui nous obligeait à parler encore plus fort, jusqu'au moment où le directeur a poussé un hurlement qui nous a fait taire.

Et nous avons enfin appris ce qui s'était passé.

Golgoth et Boule de Billard n'étaient pour rien dans l'enlèvement d'Édouard qui, d'ailleurs, n'avait pas été enlevé. Cet abruti avait voulu aller à l'école en coupant par la forêt de Ponsouillard. Il s'était perdu et avait erré toute la journée. C'est du moins ce qu'avaient compris les policiers parce que Édouard, apparemment, ne s'était pas montré très cohérent dans ses explications.

– Il est fatigué, en état de choc, a expliqué le directeur, mais en parfaite santé et nous aurons la chance de le revoir dès demain.

– Tu parles d'une chance, ai-je murmuré. C'est plutôt une sacrée catastrophe !

J'avais murmuré un peu trop fort et le directeur m'a lancé un regard noir. Un regard que le rire de Louise, qui m'avait elle aussi entendu, s'est chargé de dissoudre. Elle est jolie, Louise, et elle a le sens de l'humour.

Un peu plus tard, chez Tom, alors que nous achevions de goûter, Lucas a dit à haute voix ce que tout le monde pensait :

– C'est bizarre qu'Édouard se perde juste le lendemain du jour où ces deux types s'intéressent à lui.

– Ouais, a fait Tom. D'autant qu'il est bête, d'accord, mais pour passer par la forêt de Ponsouillard quand on habite là où il habite, il faut carrément avoir un QI de moule.

– Comparer Édouard à une moule est vexant pour la moule, ai-je lancé en ayant conscience que j'exagérais.

Une seconde de réflexion et j'ai décidé de me montrer honnête.

– Non, tu as raison. Édouard est un gros nul mais même lui ne peut pas imaginer un truc aussi stupide.

– Tu penses qu'il faut qu'on avertisse les policiers ? a demandé Tom.

– Pour leur dire quoi ? Ils savent aussi bien que nous que l'explication d'Édouard ne tient pas debout.

– Je sais pas moi, pour leur parler de Boule de Billard et de Golgoth !

– Et qu'est-ce que tu veux leur raconter de plus que ce qu'on leur a déjà raconté ? Non, les gars, voilà ce que nous allons faire…

Je me suis penché vers eux, eux vers moi, comme trois conspirateurs, et j'ai chuchoté :

– Le seul indice en notre possession est l'intérêt de Boule de Billard pour le 21 mars, c'est-à-dire pour mon anniversaire. Pas très rassurant, ça ! Alors on garde les yeux bien ouverts, on enquête discrètement, demain on se débrouille, enfin vous vous débrouillez pour discuter avec Édouard et en rentrant de l'école on fait le point. D'accord ?

– D'accord, ont répondu ensemble mes deux amis.

Puis Lucas a froncé les sourcils.

– Euh... d'accord, mais ça sert à quoi ?

Aïe, la question qui tue !

J'ai pris l'air important pour répliquer, sûr de moi :

– Ça sert à se tenir prêt. Si Boule de Billard et Golgoth sont des bandits et s'ils prévoient de m'enlever, ils n'auront aucune chance de réussir.

Tom et Lucas ont eu l'air de trouver ma réponse géniale et je me suis empressé de le croire moi aussi.

Comme quoi, on peut être télépathe, végétarien et complètement idiot !

Je le déteste !

Le lendemain, lorsqu'il est arrivé à l'école, Édouard a été reçu comme le roi de l'univers. Oui, je sais, l'univers n'a pas de roi et c'est aussi bien, c'est juste une expression pour vous faire comprendre que tout le monde s'est pressé autour de lui, s'est enquis de son état de fatigue, tout le monde a voulu entendre le récit de ses aventures…

Et quand je dis tout le monde, c'est tout le monde. Même Tom, même Lucas. Même Louise. Elle n'est pas si jolie que ça, Louise.

Évidemment, cet abruti d'Édouard s'est pavané, a joué les explorateurs héroïques d'une forêt de Ponsouillard devenue au fil de ses mensonges une annexe de l'Amazonie avec animaux féroces, serpents et araignées géantes.

Je l'aurais massacré si j'avais pu l'approcher !

Par chance, la maîtresse l'a gentiment et fermement remis à sa place.

Trop gentiment et pas assez fermement à mon goût.

– Édouard, nous avons tous été heureux de te retrouver ce matin mais j'aimerais maintenant que tu cesses de parler pour te mettre au travail, sinon, explorateur ou pas, tu vas te retrouver avec une punition !

Édouard est aussi courageux qu'une limace gluante. Il a baissé la tête, fermé sa grande... euh... bouche et on a enfin eu la paix.

Sauf qu'à la récré il a remis ça.

Il a évoqué les terribles dangers auxquels il avait échappé, l'incroyable témérité qui lui avait permis de traverser une rivière déchaînée, l'arbre géant gravi pour échapper à une créature qu'il n'avait pas vraiment vue mais qui devait peser au moins trois tonnes, la liane à laquelle il s'était cramponné pour franchir un gouffre insondable...

Quand Louise, débordante d'admiration, a porté les mains à sa bouche pour la dixième fois en mimant l'effroi, j'ai craqué.

– Hé, Indiana Édouard, t'es sûr que c'est pas à Euro Disney que tu t'es perdu ?

Bon, d'accord, mon attaque manquait de panache mais je n'avais rien de mieux sous la main. Et, de toute façon, le combat était perdu d'avance. Édouard n'a même pas eu besoin de se défendre. Les autres s'en sont chargés à sa place.

– Laisse-le tranquille ! (Que lui nous laisse tranquilles d'abord ! Non mais !)

– Tu es méchant ! (Détrompe-toi, Laura, je peux être bien plus méchant que ça.)

– Jaloux ! (Pfff, n'importe quoi !)

– Toi aussi, tu as raconté tes aventures l'autre jour ! (Oui, mais moi c'était intéressant.)

– Dès qu'on ne s'occupe plus de toi, tu râles ! (Aïe ! Elle fait mal celle-là.)

Je me suis ramassé ma dérouillée, mâchoires serrées, et quand je n'ai plus pu encaisser, j'ai battu en retraite.

Bon sang, que je détestais ce type !

– Allez, c'est bon, Mattéo, arrête de faire la tête !

– Je ne fais pas la tête.

– Pourquoi tu ne dis rien alors ?

– Parce que je n'ai rien à dire.

– Tu passes à la maison pour une partie de foot ?

– …

– On est vendredi. Ta mère rentre tard et on n'a même pas de devoirs.

– …

– Il y a un pot de Nutella qui nous attend.

Dans la vie, il faut savoir faire des concessions. Je me suis planté devant Tom et Lucas. Nous venions de traverser le bois Gentil. Je ne leur avais pas adressé la parole de la journée, il était temps de signer un traité de paix.

– Un pot entier ?

– Un 750 grammes tout neuf.

J'ai essayé de prendre l'air du gars blessé par la médiocrité des siens et qui, noble et généreux, parvient néanmoins à leur pardonner mais mon estomac a été plus rapide que moi.

– D'accord. On y va.

Quelques tartines plus tard, Tom et Lucas étaient redevenus mes amis à la vie à la mort.

– Mattéo ?

– Oui ?

– On ne devait pas faire le point ?

– Le point ?

– Ben oui, sur Boule de Billard et Golgoth. On a discuté avec Édouard comme tu nous l'as demandé et la vérité, c'est qu'il ne se souvient de rien. De rien du tout. Il se rappelle juste être sorti de chez lui puis il y a un grand blanc dans sa tête. Le film ne reprend que lorsque les pompiers le retrouvent assis sous un arbre, presque endormi, incapable de leur dire comment il s'appelle. Il...

J'ai levé la main pour interrompre le déluge verbal de Tom.

– Changement de plan, les gars !

– Qu'est-ce que ça signifie ?

– Ça signifie qu'Édouard est un abruti, que je me fiche de ce qui peut lui arriver et que, par conséquent, je me fiche de Boule de Billard et de Golgoth. L'enquête est finie.

– Mais...

– Finie, je vous dis. On va faire une partie de foot, dans trois jours on part à Paris, la vie est belle. Trop belle pour la gâcher avec Édouard.

J'avais raison, l'enquête était bel et bien finie.

Ce que j'ignorais, c'était que l'aventure, elle, commençait à peine.

Souris ou tourterelle ?

Le trajet jusqu'à Paris a été génial.

Tom, Lucas et moi avons réussi à nous installer au fond du car et nous avons passé les sept heures du voyage à jouer à la console portable de Lucas, à manger des bonbons, à nous raconter des blagues et à faire des grimaces aux automobilistes qui nous suivaient.

Génial.

Pour ne rien gâcher, Édouard s'est assis à l'avant et comme il n'a pas compris que ses aventures forestières n'intéressaient plus personne, il s'est retrouvé entouré par la maîtresse et les deux mamans qui nous accompagnaient.

– Un tigre à dents de sabre dans la forêt de Ponsouillard ! ont rapporté Louise et Chloé en nous rejoignant au fond. Il nous prend vraiment pour des imbéciles !

Génial, je vous dis.

Bon, l'hôtel était moins luxueux que nous l'imaginions, moins luxueux même que l'imaginait la maîtresse mais, si elle a fait une drôle de grimace en le découvrant, nous l'avons envahi avec des cris de joie.

Tom, Lucas et moi nous sommes installés dans notre chambre, c'est-à-dire que nous avons jeté nos sacs dans un coin, allumé la télé, sorti la console et ouvert les paquets de bonbons qui avaient survécu au voyage.

Nous nous sommes assis sur un des trois lits et...

– En route, les garçons !

La maîtresse venait de passer la tête par la porte.

Lucas a réagi avec sa vivacité d'esprit habituelle :

– On rentre déjà à Sainte-Lucie ?

Soupir de la maîtresse.

– Non, nous allons visiter le musée d'Orsay.

Silence catastrophé de notre côté.

– Vous vous souvenez que nous avons établi ensemble le programme de notre semaine, a insisté la maîtresse. Le musée d'Orsay cet après-midi, le Louvre demain, le cirque Zafarelli demain soir, puis…

Il fallait la faire taire !

– Euh… madame, on y va comment au musée ?

– En métro.

Retour des sourires. Tout à notre joie de nous installer, nous avions oublié le métro !

Quelques minutes plus tard, nous avons quitté l'hôtel.

Avec la console et les bonbons.

Pour être sûrs de survivre au musée.

Le métro, c'est génial.

Bon, d'accord, ça pue, c'est compliqué, Louise et Chloé ont failli se perdre, Antoine a oublié sa casquette dans une voiture, la maîtresse est devenue chèvre en nous comptant à trois mille reprises, Tom s'est fait insulter par une vieille femme à qui il avait juste un peu piétiné les pieds, mais c'est génial !

Et Paris...

Ben... Paris, c'est génial aussi.

Par les fenêtres du car, on n'avait pas vu grand-chose. D'abord parce que notre hôtel ne se situe pas dans un quartier très joli, ensuite et surtout parce qu'on n'avait pas vraiment regardé.

En sortant du métro, on a tous poussé des « waouh » stupéfaits. Même Genève ou Berne ne sont pas aussi impressionnantes que Paris. Les façades des immeubles, la Seine, les ponts, Notre-Dame au loin, tout est magnifique, et quand la maîtresse nous a montré l'entrée du musée d'Orsay, Lucas en personne a dû admettre qu'il n'avait jamais vu quelque chose d'aussi beau.

Bon. À l'intérieur, ça s'est un peu gâté.

Des tableaux, des statues, d'autres statues, des tableaux...

On a essayé de s'y intéresser un moment, pour être gentils avec la maîtresse, mais on s'est vite lassés.

Notre classe s'est peu à peu éparpillée dans les différentes salles et tandis que la maîtresse, les deux mamans accompagnatrices et un groupe d'irréductibles amateurs d'art se dirigeaient vers le fond du musée, j'ai cherché des yeux un coin tranquille où nous pourrions nous asseoir.

– *Pssst, Mattéo…*

La voix, douce et insistante, avait résonné à l'intérieur de ma tête.

Quelques semaines plus tôt, j'aurais cherché autour de moi qui m'appelait, j'aurais cru qu'on me faisait une blague. Plus maintenant. J'étais devenu un pro de la télépathie et j'ai juste marqué un temps de surprise.

Je ne m'attendais pas à être interpellé par un animal. Pas à Paris, pas dans un musée, pas par un animal connaissant mon prénom.

– *Qui es-tu ?* ai-je demandé en esprit.

– *Naomie.*

Ne pas se fier aux apparences. Naomie avait beau être un nom de fille, cela ne prouvait rien. Une de mes bonnes copines s'appelait bien Henriette et c'était une vache.

– *Il faut que je te parle,* a repris Naomie.

– *Et que crois-tu que tu fais en ce moment ?* ai-je lancé, assez content de mon trait d'humour.

Je n'ai pas perçu de sourire dans la réponse de Naomie.

– *Disons alors qu'il faut que je te voie. Je suis au niveau cinq, dans la salle trente-deux, à côté d'un tableau de Monet,* La gare Saint-Lazare. *Tu connais ?*

– *Euh... bien sûr.*

– *Alors rejoins-moi.*

J'ai failli l'envoyer promener. J'étais un humain quand même, un Parleur. Être convoqué de façon aussi péremptoire par une souris ou une tourterelle égarée était vexant. Puis j'ai réfléchi.

Lucas et Tom s'étaient planqués derrière la statue d'un ange embrassant un enfant et avaient commencé une partie sur la console. Ils ne se rappelleraient pas mon existence avant longtemps, Antoine se trouvait dans le même groupe qu'Édouard et Louise avait disparu avec la maîtresse. Grimper au niveau cinq et discuter avec une bestiole serait certainement plus intéressant que me morfondre devant des tableaux qui se ressemblaient tous.

– *C'est bon, j'arrive !*

Atteindre le niveau cinq a été facile, trouver la salle trente-deux un peu moins, mais j'ai réussi. Il n'y avait pas grand monde et j'ai tout de suite reconnu le tableau qu'avait évoqué Naomie. Ni souris ni tourterelle en vue mais une fille en train d'admirer la peinture de Monet. De mon âge environ, de longues boucles blondes tombant en cascade dans son dos. C'est elle qui avait dû faire fuir Naomie.

Je me suis décalé sur le côté pour…

Waouh !

La fille était…

Elle était…

Waouh !

Je me suis secoué.

Je n'étais pas là pour tomber sous le charme d'une fille, aussi belle soit-elle, mais pour discuter avec Naomie.

– *Hé, Naomie ?* ai-je appelé en esprit. *T'es où ?*

La fille s'est retournée.

Waouh !

Mon cœur s'est emballé, l'univers s'est réduit à une bulle lumineuse autour d'elle et je me suis senti basculer dans le bleu de ses yeux. Quand elle a ouvert la bouche, j'ai décidé que je n'avais plus besoin de respirer.

Jusqu'à ce qu'elle parle.

– Je suis là, Mattéo.

Waouh!

Bon. Soyons franc. Les minutes qui ont suivi ne sont pas à graver dans le grand livre des légendes de Mattéo Bond.

Vous savez, ce livre très personnel où chacun de nous se plaît à inscrire pour l'histoire et pour son plaisir, surtout pour son plaisir, les moments où il s'est montré particulièrement brillant.

J'avoue.

Durant les minutes qui ont suivi, j'ai été lamentable.

Parfaitement lamentable.

Naomie me regardait, la tête penchée sur le côté, un sourire mystérieux sur les lèvres et moi… moi… je restais planté là, bras ballants, regard vide et langue pendante.

Enfin, pour la langue c'est pas sûr, mais l'idée est là.

Cela aurait suffi à me rendre lamentable mais j'avais apparemment décidé de me surpasser. J'ai rentré ma langue et j'ai balbutié :

– Tu... tu es aussi jolie qu'un coucher de soleil sur la mer.

Oui, vous avez bien entendu. « Tu es aussi jolie qu'un coucher de soleil sur la mer. » C'est exactement ce que je venais de dire.

À Naomie.

Que je connaissais depuis seulement douze secondes.

Pire, dont je pensais douze secondes plus tôt qu'elle était une bestiole du genre souris ou musaraigne !

« Tu es aussi jolie qu'un coucher de soleil sur la mer. »

Le sourire de Naomie s'est élargi, a gagné en lumière ce qu'il perdait en mystère, et ses joues se sont colorées de rose.

Pas du rouge qui empourpre parfois les miennes en classe quand je profère une énorme bêtise et que les autres éclatent de rire. Non. Du rose. Chaud et délicat. Doux et soyeux.

– C'est gentil ce que tu viens de dire, a-t-elle murmuré. Gentil et très beau.

Mon cœur a pris la première à droite, s'est engagé à fond sur l'autoroute des émotions, a accéléré, encore accéléré, jusqu'à se faire flasher à plus de cent cinquante. J'étais en train de me demander si ma mécanique cardiaque allait tenir le coup lorsque Naomie a planté un grand coup de frein.

– Bon, les choses sérieuses maintenant, a-t-elle déclaré en cessant brusquement de sourire. Le Renifleur sait que tu es à Paris. Ils vont passer à l'action. Nous devons les prendre de vitesse.

– Choses sérieuses, renifleur, action, ai-je répété avec un étonnant à-propos.

– Oui, le Renifleur. Il t'a senti chez toi en Suisse mais il n'y avait que le Briseur avec lui et ils t'ont raté. Cette fois, ils vont mettre le paquet et, si nous n'agissons pas, nous n'avons aucune chance de leur échapper. Le Penseur veut nous retrouver et…

– Naomie ?

J'avais levé les deux mains devant moi pour arrêter un flot de paroles qui menaçait de m'emporter.

– Oui ?

– Je ne comprends rien à ce que tu racontes.

Elle m'a jeté un coup d'œil surpris.

– Rien du tout ?
– Rien du tout.
– Zut alors, je n'avais pas prévu ça. Attends une seconde.

Elle s'est figée et ses yeux bleu océan se sont déconnectés de la réalité. Je veux dire, elle continuait à me fixer, mais elle ne me regardait pas. Elle regardait à travers moi, à travers les murs du musée, à travers Paris peut-être, et une clarté étrange illuminait ses iris.

C'était très beau, très mystérieux mais aussi très dérangeant et j'ai été soulagé quand, un court instant plus tard, elle est redevenue normale.

– C'est bon, a-t-elle murmuré. Ils ne savent pas avec précision où nous sommes. Ils localiseront sans doute ton hôtel avant demain mais d'ici là nous serons prêts. J'ai le temps de tout t'expliquer depuis le début. Suis-moi.

J'ai tiqué.

– Que je te suive où ?

– Dehors. Nous devons trouver un coin tranquille pour parler sans être dérangés.

– Mais c'est impossible ! me suis-je écrié. La maîtresse passe son temps à nous compter. Si je quitte le musée, elle va s'en apercevoir, je vais me faire tuer.

Les yeux de Naomie se sont remis à flamboyer. De colère cette fois.

– Mattéo, tu n'as pas le choix !

– Mais…

– Si tu ne me suis pas, tu ne comprendras rien. Si tu ne comprends rien, tu ne seras pas prêt. Et si tu n'es pas prêt, tu vas te faire tuer. Pour de bon.

J'ignore si c'est son regard, la force de ses mots ou celle de sa conviction, mais je n'ai pas remis une seconde en question ce qu'elle venait de me dire. Ma vie était en danger !

J'ai avalé ma salive.

Tenté d'avaler ma salive.

J'avais la bouche aussi sèche que le Sahara en plein midi et en plein été.

– D'accord, je te suis.

Le plan de Naomie

Nous nous sommes assis sur un banc, près de l'entrée du musée, et Naomie a commencé à parler. Elle m'a d'abord expliqué que…

Bon, je crois que, le plus simple, c'est que je vous résume.

Tout résulte de la trajectoire de cette fichue météorite et du hasard qui l'a fait s'écraser dans le parc de la maternité le jour de ma naissance. Je devrais dire le jour de notre naissance puisque Naomie, comme Édouard, est née le 21 mars et, tenez-vous bien, au même endroit que moi.

La météorite était constituée d'un tas de minéraux rares mais son cœur, lui, était composé de quelque chose de bien plus rare.

Quelque chose qui provenait peut-être de l'autre bout de l'univers. Quelque chose qui aurait stupéfié les scientifiques s'ils avaient eu l'occasion de l'étudier.

Ils n'en ont pas eu l'occasion.

Le cœur de la météorite s'est brisé en cinq fragments que cinq personnes ont trouvés, par chance ou malchance, selon que l'on aime ou pas les transformations.

Oui. Les transformations.

Parce que, voyez-vous, à partir du moment où elles se sont emparées d'un fragment de météorite, ces cinq personnes ont commencé à se transformer.

D'abord de façon discrète puis, au fil des mois, plus marquée, tandis qu'une capacité étrange se développait en elles.

C'est ainsi qu'est né le Penseur, doué d'une étonnante faculté de réflexion et de déduction. Il est très vite devenu le chef de la bande.

Sous ses ordres, le Renifleur, celui que j'avais surnommé Boule de Billard. Il sent les choses et les gens, les suit à la trace et ne les oublie jamais.

Le Briseur, Golgoth, est doté d'une force terrible qui n'a rien à envier à celle d'un ours.

Le Sautilleur peut se déplacer instantanément d'un endroit à un autre pour peu que ces deux endroits soient distants de moins de dix mètres.

Le dernier, le plus étrange, est l'Éclipseur. Il parvient, par la force de la pensée, à effacer les gens. Pour un temps limité, certes, mais avouez que ça fait quand même froid dans le dos un truc pareil.

Bref, ces cinq types auraient pu devenir des super héros mais ils ont choisi le côté obscur de la Force.

Sans doute parce que la météorite s'est contentée de développer ce qu'ils étaient et que, dès le départ, ils n'étaient pas très sympathiques, sans doute aussi parce que le Penseur les a manipulés.

Ils ont commencé à monter des coups tordus pour gagner de l'argent. Facile avec leurs pouvoirs. D'autant qu'ils continuaient à croître et leur offraient sans cesse plus d'opportunités de s'enrichir.

Puis le Penseur, prétextant une expérience, a emprunté les fragments de météorite de ses comparses. Il voulait en réalité s'emparer de leurs pouvoirs mais ça n'a pas marché. Il a découvert que le cœur de la météorite était formé de cinq morceaux mais également d'une onde liante. Lorsqu'il avait volé en éclats, cette onde avait jailli, cherchant un nouveau cœur où s'installer. Elle en avait trouvé deux. Ceux de deux bébés qui venaient tout juste de naître. Elle s'y était glissée et s'était endormie.

Sans l'onde liante, le Penseur n'avait aucune chance de recoller les cinq fragments et de s'approprier les cinq pouvoirs. Il a donc entrepris de retrouver les deux bébés pour leur arracher ce qu'il considérait comme son bien.

Vous comprenez maintenant ?

Les deux bébés, ce sont Naomie et moi.

Il y a quelques semaines, l'onde liante s'est réveillée. C'est elle qui a fait de moi un Parleur.

Et Naomie ?

Vous n'avez pas deviné ?

Si elle est née dans la même maternité que moi, ses parents ont très vite déménagé et elle est partie vivre à Paris. Dix années de tranquillité, puis l'onde s'est également réveillée en elle, la transformant en Parleuse.

Sauf que ce n'est pas avec les animaux qu'elle discute mais avec les hommes. Une vraie télépathe. Comme dans les films. Trop forte !

Ce pouvoir lui a permis de percer à jour les plans du Penseur et d'échapper à sa bande.

Pour l'instant.

L'étau se resserre et c'est pour cette raison que nous devons passer à l'attaque.

– Je parviens parfois à lire leurs pensées, m'a expliqué Naomie. Je sais que, lorsqu'il nous aura arraché l'onde liante, le Penseur ordonnera au Briseur de nous liquider. Et je sais que le Briseur ne rêve que de ça. Nous liquider.

J'ai frissonné.

– On pourrait avertir la police…

Naomie m'a jeté un regard navré.

– Et passer pour des fous avec notre histoire de météorite, de fragments qui donnent des pouvoirs et d'onde liante ? Bonne idée Mattéo. Tu t'en occupes ?

J'ai toussoté.

– Je disais ça pour blaguer. Tu as un plan ?

Elle s'est penchée vers moi et mon cœur s'est mis à badaboumer comme un fou dans ma poitrine. Qu'elle était belle. Elle sentait si bon, sa peau semblait si douce, ses cheveux si soyeux. Et ses yeux ! Ils…

– Tu m'écoutes, Mattéo ?

– Euh… oui.

– Voilà ce que nous allons faire…

Compte à rebours

Le plan de Naomie était parfait.

Pour un suicide.

Je l'ai écoutée jusqu'au bout, en essayant, sans vraiment y arriver, de ne pas trop montrer que j'avais peur et quand elle a eu fini, j'ai fourni un terrible effort pour ne pas partir en courant.

– Qu'est-ce que tu en penses ? m'a-t-elle demandé.

– Euh... Un peu... dangereux, non ?

– Un peu, c'est vrai, mais nous n'avons pas le choix. Et puis nous avons un atout formidable.

– Un atout ?

– Tu es un héros, Mattéo. Grâce à toi, on va les avoir !

Tu es un héros, Mattéo.

Cinq mots qui ont atomisé mon cerveau pour le remplacer par une laitue.

Tu es un héros, Mattéo.

Je suis devenu un cow-boy ou alors un chevalier. Non. Un Jedi. Et je me suis entendu répondre d'une voix grave et assurée :

– Pas de problème, Naomie. Je m'occupe de tout.

Dès que je les ai proférées, la stupidité de mes paroles m'a sauté aux yeux, ou plutôt aux oreilles, mais il était trop tard pour les ravaler.

Et puis Naomie m'a offert un sourire si lumineux que le peu de raison qui me restait s'est évanoui. J'ai commencé à croire que c'était possible. Que nous étions suffisamment malins pour tromper la bande du Penseur. Suffisamment forts pour échapper au Briseur. Suffisamment…

– Ta classe est en train de sortir du musée, Mattéo.

Atterrissage en catastrophe. Je suis revenu sur terre avec tant de brutalité que mes dents en ont claqué. J'ai tourné la tête et je les ai vus avancer sur le trottoir dans notre direction, maîtresse en tête. Contre toute attente, elle ne paraissait pas inquiète. Pas même un peu. Elle avait pourtant dû compter ses élèves, s'apercevoir qu'il lui en manquait un, donner l'alerte, appeler la police…

Naomie m'a pressé la main pour attirer mon attention puis elle m'a adressé un clin d'œil.

– Je l'ai aidée quand elle a compté, m'a-t-elle soufflé à l'oreille.

– Tu l'as… aidée ?

– Oui. D'habitude, j'évite d'agir ainsi, ça ne me paraît pas très honnête, mais là, il y avait urgence.

– Tu peux manipuler l'esprit des gens ? me suis-je exclamé.

Elle a haussé les épaules.

– Bien sûr que non ! Nous ne sommes pas les héros d'un film, Mattéo, ni les personnages d'un roman. Je parviens à lire certaines pensées et, parfois, pas souvent, j'arrive à les pousser un peu dans une direction ou dans une autre.

– Tu… tu pousses les pensées ?

– Oui.

– Mais c'est impossible !

– Parce que parler à un chat ou à une vache c'est possible ? Ne sois pas stupide, Mattéo. Nous ne pouvons pas nous le permettre.

Elle s'est levée.

– N'oublie pas notre rendez-vous.

Un sourire et elle s'est éloignée. J'ai failli la rappeler, lui demander si…

Une voix s'est élevée juste à côté de moi.

– Qu'est-ce que tu fiches ici, Mattéo ?

La maîtresse me regardait, les yeux écarquillés par la surprise, regardait son rang, me regardait à nouveau. Stupéfaite.

– Euh… je me repose. J'ai… j'ai mal aux pieds.

– Mais… a-t-elle balbutié, comment peux-tu te trouver devant moi sur ce banc alors que tous tes camarades sont derrière ?

À question qui tue, réponse folle.

– J'ai couru.

– Tu as couru ?

– Oui.

La maîtresse a fermé les yeux une seconde puis elle a passé une main fatiguée sur son front.

– Je… je… Va te mettre en rang avec les autres, Mattéo.

Je me suis dépêché d'obéir et j'ai rejoint Tom et Lucas.

– T'étais où ? ont-ils demandé ensemble.

J'ai hésité une seconde. Me taire ? Tout leur avouer ? Un peu des deux.

– Je vous raconterai ça, les gars, mais pas maintenant.

– Tu pourrais quand même…

Une diversion. Vite. J'ai montré du doigt l'affiche placardée près de l'entrée du métro.

– Le cirque Zafarelli ! C'est celui qu'on va voir demain soir.

Lucas a embrayé :

– Ouais. Il paraît que c'est la plus grosse ménagerie d'Europe.

Un frisson froid a mordu mes épaules. Le compte à rebours était en marche.

C'est parti !

Je ne me rappelle plus grand-chose de notre soirée à l'hôtel. Je ne me souviens même pas de ce que nous avons mangé, ce qui, chez moi, est un signe de grande détresse.

J'avais le ventre noué par l'angoisse et les plus grandes difficultés à rester connecté avec mon entourage. Les copains n'ont pas arrêté de me demander si je faisais la tête et, à plusieurs reprises, j'ai senti que la maîtresse me lançait un regard balançant entre curiosité et inquiétude.

On a finalement gagné nos chambres. Lucas et Tom ont bondi sur leurs lits, prêts pour la terrible bataille d'oreillers que nous avions projetée, mais, quand Tom a armé son bras pour un premier tir meurtrier, j'ai secoué la tête.

– Désolé, les gars, je suis crevé. Je me couche.

Douloureuse stupéfaction sur le visage de mes amis. Concert de protestations, moqueries, tentatives pour me raisonner, rien n'y a fait.

Je me suis glissé dans mes draps, je me suis tourné vers le mur et j'ai fait semblant de m'endormir. J'étais mort de trouille.

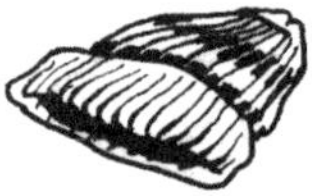

– *C'est le moment, Mattéo. Ils vont passer à l'action.*

La voix de Naomie s'était glissée dans mon esprit, me tirant du sommeil caverneux dans lequel j'avais basculé quelques heures plus tôt.

Je me suis levé, j'ai jeté un coup d'œil sur mes copains endormis et je me suis glissé dans la salle de bain pour finir de me réveiller en me passant de l'eau sur la figure. Un tour aux toilettes puis…

Je me suis figé. Les lits de Tom et Lucas étaient vides !

Le moment était vraiment arrivé.

J'avais beau m'y être préparé depuis la veille, mon cœur a fait celui qui n'était pas au courant et s'est mis à bondir dans tous les sens au milieu de ma poitrine. J'ai soudain eu l'impression d'avoir avalé un kangourou. Envie de vomir garantie !

Mon estomac ne s'y est d'ailleurs pas trompé et s'est transformé en serpillière prête à l'essorage. Pire, j'ai été pris d'une furieuse envie de retourner aux toilettes alors que j'en sortais. Je me suis obligé à respirer à fond.

Pas fastoche.

Mes mains, à qui je ne demandais rien, ont entrepris de trembler, tandis que mes jambes ressemblaient de plus en plus à deux paquets de gélatine alimentaire. Périmée, la gélatine.

J'ai jeté un coup d'œil dans le miroir de l'entrée. Euh… c'était qui ce gars qui m'observait, les yeux écarquillés par la terreur et le visage couleur navet ? C'était moi ? Vraiment moi ?

J'ai regardé sous les lits, juste au cas où Lucas et Tom se seraient amusés à se cacher pour une blague de mauvais goût, mais je ne me leurrais pas. Je savais qu'ils avaient disparu.

Pfft ! Comme ça. Presque par magie. Par le pouvoir de ce type que Naomie appelle l'Éclipseur.

Ils avaient disparu et quand ils reviendraient – le pouvoir de l'Éclipseur est éphémère – j'avais bien peur d'avoir disparu à mon tour.

De façon définitive.

Bon, le moment était arrivé et j'étais censé être prêt.

J'ai enfilé mon blouson, il gèle à Paris au mois de décembre, et je suis sorti. Le couloir était désert, parfaitement silencieux. Par acquit de conscience, j'ai poussé la porte de la chambre que partageaient Antoine et Samuel.

Vide.

Comme était vide celle de Laura, Anne et Malika. Celle de Chloé et Louise. Celle de…

J'ai arrêté d'ouvrir les portes. La prochaine était celle de la maîtresse et je n'avais aucune envie de voir son lit défait au milieu de sa chambre vide.

– Cesse de trembler, Mattéo !

J'avais parlé à voix haute, ce qui n'est pas bon signe, et j'ai serré les mâchoires pour ne pas me répondre que je faisais de mon mieux. J'ai serré les poings aussi, juste histoire de me donner un peu de courage, et j'ai avancé.

Le hall de l'hôtel était abandonné.

D'accord il était tôt, six heures du matin à peine, mais un réceptionniste est normalement présent jour et nuit derrière le comptoir et des employés auraient dû s'activer dans la salle du petit-déjeuner…

Les capacités de l'Éclipseur avaient-elles des limites ? Étaient-ils plusieurs à partager cet effrayant pouvoir de faire disparaître les gens ?

La gorge nouée, je suis sorti dans la rue.

Ni piétons ni automobilistes.

Personne.

Naomie m'avait pourtant prévenu mais c'était trop pour moi. Ma solitude m'a frappé comme un coup de poing au creux de l'estomac. J'ai tressailli, j'ai ouvert la bouche en grand pour un cri, un hurlement, un appel au secours, un gémissement, peut-être une simple bouffée d'oxygène…

… mes yeux sont tombés sur un pigeon juché sur une corniche de l'immeuble d'en face.

Petit et rond, il avait gonflé son plumage bleuté pour résister au froid et rentré la tête dans son cou.

– *Courage,* a-t-il murmuré dans mon esprit. *Ils ne savent pas précisément où tu te trouves. La voie est libre. Fonce !*

Comme pour me montrer le chemin, il s'est ébroué, a déployé ses ailes et s'est envolé.

Ma peur s'est envolée avec lui. Ainsi que mes doutes et mes hésitations. Je me suis mis à courir. Au milieu d'une rue déserte, au centre d'un Paris déserté.

J'avais rendez-vous avec Naomie.

Le moment était arrivé.

Le Sautilleur

Il ne s'est d'abord rien passé.

Je courais sans ressentir de fatigue, merci le foot, et si la rue et les trottoirs autour de moi n'avaient pas été aussi parfaitement déserts, j'aurais presque pu croire que la situation était normale.

Presque.

– Impossible de te tromper, m'avait expliqué Naomie. Tu tournes à droite en sortant de l'hôtel et tu files tout droit jusqu'à la grande place avec une fontaine. Là, c'est encore à droite puis encore tout droit.

La fontaine n'était plus qu'à une centaine de mètres lorsqu'un mouvement furtif a attiré mon attention. À ma gauche. Sur le trottoir. Derrière une poubelle.

Avant que j'aie eu le temps d'avoir peur, un vieux chat gris est apparu. Maigre, musclé, une oreille abîmée par les crocs d'un chien ou ceux d'un rival, il avait tout de l'aventurier des ruelles obscures.

– *Tu es le Parleur?* m'a-t-il demandé.

Je me suis arrêté. J'ai failli m'approcher de lui pour le caresser puis j'ai compris qu'il n'apprécierait pas une telle familiarité.

– *Oui.*

– *Alors, sois prudent. Un de ceux qui te cherchent est là.*

– *Où ça?*

J'avais crié en esprit et il a secoué la tête pour montrer sa désapprobation.

– *Un peu avant la fontaine, caché derrière une voiture. Il t'a repéré et t'attend.*

– *Et si je prenais une autre rue?*

– *Ça m'étonnerait que tu parviennes à le semer. Il a de plus longues jambes que toi et, surtout, une étrange façon de se déplacer.*

Il a souri – oui, les chats sourient même si les souris ne chattent pas – en dévoilant ses longues canines blanches.

– *Tu vas devoir te battre, Parleur.*

Un silence puis :

– *Bonne chance.*

Il a disparu avant que je puisse lui répondre que la chance risquait de ne pas suffire.

Impossible de me remettre à courir. Pas en sachant qu'un type était susceptible à tout moment de me sauter dessus afin de me massacrer.

J'ai repris ma route en marchant. Cœur douloureux à force de tambouriner.

Pourvu que ce ne soit pas le Briseur.

Pourvu que ce ne soit pas le Briseur.

Pourvu que ce ne soit pas le…

– *On a de la chance, Mattéo, ils ont envoyé le Sautilleur.*

Naomie.

Pas en vrai, d'accord, dans ma tête, mais je me suis quand même senti tout à coup moins seul et mon moral a arrêté de chuter.

– *Tu trouves que c'est de la chance, toi ?* ai-je néanmoins demandé en m'arrêtant.

– *Bien sûr.*

– *De la chance ? Me retrouver face à face dans une rue déserte avec un type qui se téléporte comme dans les films de science-fiction et qui en veut à ma vie ?*

– *Le Briseur aurait été bien plus difficile à vaincre. Et puis nous avons un plan. Tu te rappelles ce que je t'ai dit, mon héros ?*

Paf !

Dans le mille.

Mon héros.

Je suis d'accord avec vous. Je m'étais fait avoir la veille, il n'y avait aucune raison que ça fonctionne une deuxième fois. D'autant que ça sentait le coup prémédité, l'astuce de filles pour mettre les garçons dans leur poche, le plan malin, le...

Stop ! On s'en fiche de savoir ce que ça sentait ! Ça a marché.

Mon héros.

Comment voulez-vous résister à ce genre d'argument ? J'ai ressorti ma voix de Jedi :

– *Ne t'inquiète pas, Naomie. Elle n'a aucune chance, la Sauterelle !*

J'ai bombé le torse et je me suis remis en marche. J'avais à peine effectué dix pas qu'un homme est apparu deux mètres devant moi. Il n'a pas surgi de derrière une voiture comme je m'y attendais ou bondi brusquement sur la chaussée.

Non.

Il est apparu.

Simplement apparu.

Une seconde plus tôt, la rue était vide, une seconde plus tard, il était là, planté au milieu.

Petit, maigre, un pendentif autour du cou, il avait des cheveux raides et gras qui tombaient sur un visage aussi aiguisé que la lame d'un couteau.

À la main, il tenait une matraque souple. Un truc conçu pour assommer que j'avais déjà vu dans des films policiers sans y prêter attention. En vrai, c'était sacrément effrayant !

– Salut petit, a susurré le Sautilleur d'une voix aussi grasse que ses cheveux.

Ma bonne éducation me poussait à lui répondre poliment, ma peur à m'enfuir à toutes jambes, le plan de Naomie à me jeter à l'eau.

Mon héros !

Je me suis jeté à l'eau.

– Salut, face de rat, ai-je rétorqué. Ou plutôt face de sauterelle ou tête de puce ou alors bouse de kangourou puisqu'à ce qu'il paraît t'es incapable de marcher normalement. T'es perdu ? Tu cherches ta mère ?

Le Sautilleur est devenu vert, puis gris. Il a poussé un cri de rage et il a disparu.

Pour réapparaître juste à côté de moi. Sur ma droite.

Sa matraque a filé droit vers ma tempe et s'il ne l'a pas touchée c'est que je me suis cassé la figure.

Oui. Cassé la figure.

J'aurais préféré écrire que je l'avais esquivé d'une fluide rotation du buste mais ce n'est pas ce qui s'est passé.

Je me suis cassé la figure.

La matraque est passée au-dessus de ma tête, je me suis relevé aussi vite que si ma vie était en jeu, expression parfaitement appropriée à ma situation, et j'ai envoyé un adieu silencieux à mes parents.

Comprenez-moi. Je n'avais aucune chance. J'étais fichu !

Naomie aurait dû intervenir mais elle n'intervenait pas. Le Sautilleur allait me…

Il a disparu…

J'ai fermé les yeux…

– *Un pas à droite.*

Naomie ! J'ai obéi. Le Sautilleur est réapparu, a frappé de sa matraque. Le vide. Il a froncé les sourcils. A disparu à nouveau.

– *Baisse-toi.*

Je me suis baissé. Sifflement d'air à un centimètre de mes cheveux.

– *Recule de deux pas.*

J'ai reculé de deux pas. Le Sautilleur m'a encore manqué.

Vous comprenez ?

Naomie lisait dans les pensées de mon ennemi et se débrouillait pour que je ne sois jamais là où il s'apprêtait à surgir. C'était chaud, bouillant même, mais ça fonctionnait.

Il ne fallait toutefois pas exagérer. La suite, Naomie. La suite du plan !

– *Maintenant ! Avance d'un pas, tends la main gauche.*

J'ai obéi.

Le Sautilleur est apparu juste devant moi. Ses yeux se sont éclairés d'un éclat mauvais. J'étais enfin à sa merci. Il a levé sa matraque...

Trop tard.

Mes doigts s'étaient refermés sur le pendentif suspendu à son cou. J'ai tiré d'un coup sec, la chaîne s'est cassée.

Le Sautilleur a poussé un cri de douleur et, soudain, ses jambes ont cédé sous lui.

Comme si elles n'étaient plus capables de le porter. Il est tombé sur les fesses, sa matraque lui a échappé et il s'est mis à gémir :

– Rends-moi ma pierre, petit. Je t'en supplie, rends-moi ma pierre. Je te promets de ne pas te faire de mal. Je te promets de t'aider. Je te promets de te donner de l'argent. Je te promets de...

Il s'est tu, cherchant désespérément autre chose à me promettre. J'ai baissé les yeux sur le pendentif que je tenais à la main.

C'était un caillou.

Un simple caillou.

Personne ne se serait baissé pour le ramasser et pourtant sa valeur était plus grande que s'il avait été en or et avait pesé dix kilos.

Un des cinq fragments du cœur de la météorite.

Alors que je l'observais, il a tressailli dans ma paume et s'est déplacé de quelques centimètres vers ma poitrine. L'onde liante. L'onde liante appelait le cœur de la météorite.

– Rends-moi ma pierre, a soudain explosé le Sautilleur. Rends-moi ma pierre, misérable cancrelat, ou je t'arrache le cœur.

Il tenait à peine assis et aurait été incapable de faire du mal à une mouche mais il y avait tant de venin dans sa voix que j'ai reculé d'un pas.

Naomie s'est glissée dans mon esprit.

– *Il est hors d'état de nuire,* a-t-elle déclaré. *Tu ne devrais pas t'attarder.*

– *Je… je… le laisse ici ?*

– *Tu envisages de le ramener avec toi à Sainte-Lucie ? Tu veux l'adopter ?*

La vision de mes parents pétrifiés devant un pareil énergumène vautré sur notre canapé m'a tiré un rire nerveux.

– *Non,* ai-je fait. *Surtout pas.*

Abandonnant le Sautilleur à son triste sort, je me suis remis à courir.

Le Briseur

– C'est simple, m'avait expliqué Naomie, il suffit de leur arracher leur fragment de météorite pour qu'ils perdent leur pouvoir et deviennent aussi inoffensifs que des bébés.

– Et comment fera-t-on pour leur arracher le truc auquel ils tiennent sans doute le plus au monde ? lui avais-je demandé sans tenter de masquer mon ironie. En les chatouillant sous les pieds ?

Un peu désespérée, l'ironie.

Naomie ne s'était pas démontée.

– Chacun d'eux a une faiblesse qu'il nous faudra utiliser. Le Sautilleur est un frimeur, il passera à l'attaque le premier et tout seul. Nous l'aurons sans problème. Les autres resteront groupés mais si nous parvenons à mettre hors d'état de nuire le Briseur et le Renifleur, les deux derniers ne seront plus qu'une formalité.

– Le Briseur et le Renifleur ? Rien que ça ? Et tu comptes t'y prendre comment ?

– Chacun le sien.

– Chacun le sien ?

– Oui, je m'occupe du Renifleur.

C'est en songeant à cette dernière réplique et à ce qu'elle impliquait que je suis arrivé sur la place où était dressé le cirque Zafarelli. Des roulottes, des chapiteaux, des drapeaux, des stands de jeux, des cages, mais, alors que l'endroit aurait dû grouiller de monde, il n'y avait pas âme qui vive. L'Éclipseur s'était surpassé.

– J'ignore comment tu comptes t'occuper du Renifleur, avais-je lancé la veille à Naomie, mais je n'ai pas plus de chance d'éliminer le Briseur qu'une souris a de chance d'attendrir mon chat Arthur.

– Alors, tu dois trouver de l'aide.

Et elle m'avait parlé du cirque.

Naomie m'attendait près d'une roulotte.

Elle avait enfilé un survêtement noir qui lui allait super bien et lui donnait un air de Lara Croft en plus charmante. Ses boucles blondes dépassaient d'un bonnet, noir lui aussi, et elle portait un petit sac de toile sombre sur les épaules.

Le moment ne s'y prêtait guère, pourtant, quand je l'ai vue, j'ai eu envie de lui répéter qu'elle était aussi jolie qu'un coucher de soleil sur la mer, aussi jolie qu'une pluie d'étoiles dans l'infini, aussi jolie qu'une cascade de bonheur ruisselant sur les flancs d'une montagne couverte de fleurs.

Je me suis approché d'elle, aussi léger que si mon cœur avait été gonflé à l'hélium.

– Naomie, tu…

– Ils sont là, a-t-elle soufflé en désignant le cirque. Comme prévu. Le Renifleur t'a senti, le Penseur a compris que tu te rendais ici, l'Éclipseur a fait le ménage et le Briseur t'attend.

– Pourquoi moi ? Je veux dire, le Renifleur ne t'a pas sentie ?

Elle a souri. Un sourire mystérieux et ravissant.

– Le Renifleur a du mal à me cerner. À cause de mon don, je crois. Il ignore qui je suis, où je vis et à quoi je ressemble. Il a beau renifler, je lui échappe et ça le met dans tous ses états. C'est une faille que j'ai prévu d'exploiter mais je n'ai pas le temps de t'en parler. Plus tard je t'expliquerai.

Je me suis souvenu de Boule de Billard et de sa façon de scanner les gens, de les ranger sur des fiches mentales, des fiches auxquelles il ajoutait des entrées à chaque rencontre. Ce type était un maniaque de l'analyse et du classement. Ne rien comprendre à Naomie devait vraiment le rendre fou.

Elle a saisi ma main.

– On y va ?

J'ai avalé ma salive avec difficulté. J'avais le ventre qui gargouillait et les jambes flageolantes. À cause de la bagarre qui se profilait, certes, mais aussi parce que les doigts de Naomie enroulés aux miens me donnaient l'impression d'être branché sur une ligne haute tension.

– On y va.

On s'est glissés entre deux roulottes. Il faisait encore nuit, même si le ciel pâlissait au-dessus de nous, et sacrément froid. Pourquoi sinon aurais-je tremblé aussi fort ?

On a longé un chapiteau, enjambé un fouillis de câbles, baissé la tête pour passer sous une bâche tendue entre quatre poteaux, escaladé une série de grosses caisses en bois... Une odeur de paille flottait dans l'air. De paille et de quelque chose de plus fort. De plus musqué. Plus sauvage. La ménagerie était juste à côté et les animaux n'avaient pas été touchés par le pouvoir de l'Éclipseur.

– Tu perçois la présence de ces types ? ai-je murmuré à l'oreille de Naomie. Ils sont où ?

Elle a eu un petit mouvement d'irritation.

– Je suis une télépathe, Mattéo, pas un GPS. Ils sont ici, je le sais, mais je suis incapable de les localiser au centimètre.

– Mais alors, on va se débrouiller comment ?

– T'inquiète, a-t-elle fait. Si on ne les trouve pas, tu peux être certain qu'eux nous trouveront.

Elle ne croyait pas si bien dire.

Un rugissement s'est élevé dans notre dos. Si terrifiant que Naomie et moi avons poussé un même couinement apeuré. Un bruit de pas. De galop plutôt. Lourd. Très lourd. Le vacarme des caisses que nous avions escaladées et qui explosaient sous la charge de…

Inutile de me retourner.

Je savais de qui il s'agissait. Il nous avait aperçus. Fonçait sur nous. Et si on ne voulait pas qu'il nous réduise en bouillie, on avait intérêt à déguerpir. Très vite.

Il ?

Le Briseur.

Mon ami Edgar

Dans l'affolement, Naomie est partie d'un côté, moi de l'autre et le Briseur…

Quelqu'un, un jour, m'a expliqué que le hasard n'existe pas.

… le Briseur m'a suivi.

Je ne sais pas si j'ai déjà eu l'occasion de vous le dire, je cours très vite. Et, vous l'avez remarqué tout seuls, je suis malin. Deux qualités qui, je m'en suis aperçu tout de suite, ne me servaient à rien. Strictement à rien. Le Briseur courait aussi vite que moi, peut-être plus, et il n'avait pas besoin d'être malin, il était fort.

J'ai plongé sous une remorque, songeant naïvement qu'il serait incapable de me suivre. Il est passé à travers.

Ça a fait un bruit terrible, des morceaux de bois et de métal ont volé partout, une roue prise de folie a frôlé ma joue, tandis que l'essieu de la remorque se fichait comme un harpon géant dans le flanc d'un camion. Le Briseur n'a même pas ralenti.

J'ai slalomé à toute vitesse entre les piquets d'acier auxquels étaient attachés les câbles qui tendaient la toile d'un chapiteau. Gauche, droite. Gauche, droite. J'allais vraiment vite. Quelqu'un d'aussi gros que le Briseur ne pouvait pas bouger avec ma vivacité de footballeur professionnel...

Il a foncé tout droit, arrachant piquets, câbles et toile sur son passage. Le chapiteau s'est effondré comme une vulgaire tente prise dans la tempête.

Il n'était plus qu'à deux mètres de moi.

Il poussait un grognement continu qui me faisait penser au bruit d'un TGV lancé à fond. Sauf que j'aurais préféré courir devant un TGV que devant le monstre qui me poursuivait. Les TGV ne sont pas assoiffés de sang, eux!

Bizarrement, c'est une flaque de boue qui l'a ralenti. Un peu. Là où j'ai juste sali mes chaussures, il s'est enfoncé de vingt centimètres – on ne pèse pas deux cents kilos impunément – et j'ai pris l'avance dont j'avais désespérément besoin pour la réussite du plan.

J'ai déboulé comme une fusée au milieu de la ménagerie. Surpris, une dizaine de singes se sont agités dans leur cage. Un chameau entravé à un pieu a blatéré son mécontentement, trois lamas se sont mis à courir en rond tandis qu'un couple de chacals entamait un concerto de jappements fébriles.

– *Je suis un Parleur !* ai-je hurlé en esprit. *J'ai besoin d'aide !*

Aussitôt, les cris des animaux ont changé de registre. Les singes ont empoigné leurs barreaux pour insulter le Briseur, le chameau lui a ordonné d'arrêter, les lamas lui ont craché dessus et les chacals l'ont maudit lui et sa descendance jusqu'à la vingt-troisième génération.

Ne vous moquez pas. Ils me manifestaient leur soutien inconditionnel et si cela n'a pas effrayé le Briseur, il a été suffisamment surpris pour ralentir, m'offrant ainsi quelques nouvelles et précieuses secondes d'avance.

« Troisième cage, au fond, à gauche », m'avait dit Naomie. Pourvu qu'elle ne se soit pas trompée. J'ai foncé.

Dans la première cage, un vieux lion pelé a poussé un terrible rugissement.

– *Ouvre-moi, Parleur,* m'a-t-il pressé en esprit. *Ouvre-moi et je me charge de ton ennemi.*

C'est à lui que Naomie avait d'abord pensé, avant de s'apercevoir qu'il était perclus d'arthrose et incapable de courir. Avec une pointe de regret, elle l'avait rangé dans la catégorie des alliés sympathiques mais inutiles.

La deuxième cage était occupée par une panthère noire. Belle, souple et dangereusement inquiétante, elle a feulé dans ma tête :

– *Deux secondes, Parleur, je n'ai besoin que de deux secondes. Une pour bondir, une pour lui ouvrir la gorge.*

Elle l'aurait fait et je doute que le Briseur ait eu une chance face à elle, sauf qu'elle portait un collier attaché à une chaîne d'acier et que Naomie s'était montrée catégorique :

– Je veux bien ouvrir une cage, il n'est pas question que j'y entre. Je ne suis pas une Parleuse, moi !

Le Briseur grignotait son retard. Je le sentais sur mes talons. Encore deux pas et il…

J'ai ouvert la porte de la troisième cage – ouf, Naomie avait tenu parole, elle n'était pas verrouillée – et j'ai plongé à l'intérieur.

Sans regarder.

J'ai effectué un roulé-boulé dans la paille avant de m'étaler contre une masse chaude et poilue. Énorme.

– *Qu'est-ce que tu fiches là ?* a grondé une voix caverneuse.

Au même instant, le Briseur est entré à son tour dans la cage, arrachant à moitié la porte de ses gonds. J'ai tourné la tête vers lui. Il était effrayant et, sur son visage déformé par la rage, j'ai lu ma fin.

– *Je suis un Parleur,* ai-je supplié. *J'ai... j'ai vraiment besoin d'aide.*

Le Briseur s'est avancé vers moi, regard dur et poings fermés. Terrifiant.

– *Pas de problème, petit,* a déclaré la voix dans mon esprit. *Je m'en occupe. Aussi vrai que je m'appelle Edgar.*

En poussant un grognement dix fois plus puissant que celui du Briseur et vingt fois plus sauvage, Edgar s'est redressé sur ses pattes arrière.

Trois mètres de haut, soit un mètre de plus que le Briseur.

Une tonne, soit cinq fois plus lourd.
Des griffes de quinze centimètres, soit beaucoup plus que rien.
Un grizzly.
Dans la force de l'âge.

C'était ce qu'on appelle un retournement de situation. Je m'en suis aperçu tout de suite. Le Briseur non.

Il a commis l'erreur que commettent beaucoup de personnes qui privilégient l'usage de leurs muscles sur celui de leur cerveau : il a agi avant de réfléchir. En l'occurrence, il a avancé d'un pas.

Un pas de trop.

Je me suis glissé entre les pattes d'Edgar et là, le Briseur a commis sa deuxième erreur : il a voulu passer en force. Il a pris un court élan et a abattu son énorme poing au milieu de la poitrine d'Edgar. De toute la puissance de ses muscles.

Ça a fait un bruit terrible.

Un humain aurait été réduit en miettes, mon ami le grizzly n'a pas bronché. En revanche, ça l'a mis en colère, et il a poussé un rugissement qui ravalait les cris du Briseur au rang de gémissements plaintifs.

Troisième et dernière erreur : le Briseur n'est pas parti en courant. La baffe d'Edgar l'a cueilli en pleine poire et l'a envoyé s'écraser de l'autre côté de la cage.

Dans les films, les bagarres durent une éternité. Les acteurs se flanquent des beignes à tour de bras, tombent, se relèvent toujours, repartent à l'attaque, se cognent dessus, encore et encore... La réalité est un peu différente.

Une gifle fait mal, un coup de poing sur le pif envoie au tapis et quand celui qui le donne est un grizzly d'une tonne, personne ne se relève.

Personne.

Même pas le Briseur.

Il s'est affaissé comme une vieille chaussette au fond du panier de linge sale et n'a plus bougé.

– *Merci,* ai-je dit à Edgar.

– *Y a pas de quoi, petit,* a répondu ce dernier. *Tu es un Parleur, je te dois assistance. Ce type n'a eu que ce qu'il méritait. Il a frappé le premier, non ?*

– *Euh... oui, en effet.*

J'ai jeté un coup d'œil à la porte dégondée.

– *Est-ce que je peux faire quelque chose pour toi ? Je veux dire, t'aider à t'enfuir ? À quitter cette ménagerie ?*

Edgar a secoué sa grosse tête.

– *Qu'est-ce que je ficherais en plein Paris ? J'irais au cinéma ? Je visiterais le Louvre ? Non, petit, je suis bien où je suis. Du moins pour l'instant. Toi, en revanche, tu as encore du boulot.*

J'ai bondi sur mes pieds.

– Bon sang ! me suis-je exclamé. Naomie !

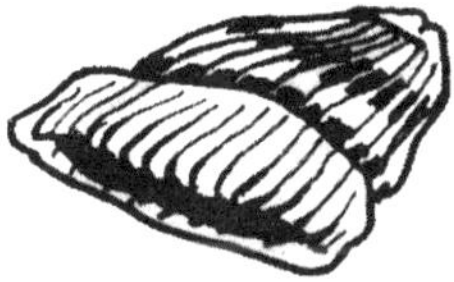

Alors que je m'élançais, mes yeux sont tombés sur la chaîne passée au cou du Briseur. J'avais failli l'oublier. Un coup sec et le deuxième fragment de météorite est tombé dans ma main.

Toujours inconscient, le Briseur a poussé un gémissement et, soudain, il s'est mis à rétrécir. En quelques secondes, il a perdu trente centimètres et la moitié de ses muscles. Un ventre flasque et débordant a remplacé les plaquettes de chocolat de ses abdominaux, ses épaules se sont avachies et ses poings ont cessé de ressembler à des marteaux de forgeron.

Il était toujours aussi laid mais bien moins impressionnant.

J'ai enfoui la pierre dans ma poche avec celle du Sautilleur et je suis parti en courant.

Renifleur et lancer de boulon

Ce sont des cris qui m'ont guidé jusqu'à Naomie. Non pas les cris de terreur ou de souffrance que je redoutais, mais des cris de colère et de désespoir poussés par une voix adulte et masculine.

– Non ! non ! non !

J'avais beau être épuisé par les événements récents, j'ai quand même accéléré. Je ne supportais pas l'idée que Naomie coure le moindre risque. Noble pensée même si j'aurais pu m'épargner cette fatigue supplémentaire. Je l'ai compris en pénétrant sous le chapiteau d'où provenaient les cris.

À genoux devant Naomie, le Renifleur tremblait de tous ses membres, secouait sa tête chauve et roulait des yeux fous. Naomie, elle, se livrait à une étrange pantomime. Elle plongeait la main dans son sac, en tirait un masque de caoutchouc, l'appliquait avec adresse sur son visage, adressait quelques grimaces au Renifleur, ôtait son masque, en prenait un autre, recommençait...

À chaque nouveau masque, le Renifleur tressaillait comme s'il avait reçu une décharge électrique. Impitoyable, Naomie poursuivait son manège.

– Le Renifleur a du mal à me cerner, m'avait-elle expliqué. À cause de mon don, je crois. Il ignore qui je suis, où je vis et à quoi je ressemble. Il a beau renifler, je lui échappe et ça le met dans tous ses états.

Dans tous ses états ? L'expression était faible. En lui offrant une identité changeante, Naomie était en train de le rendre fou. Complètement fou.

Les tremblements du Renifleur se sont amplifiés et, soudain, il est tombé en avant, le nez dans le sable. Il a remué les jambes un instant comme un gros insecte maladroit puis a cessé de bouger.

Je me suis précipité.

– Il… il… il est…

Naomie a haussé les épaules.

– Mort ? Bien sûr que non. Il a juste disjoncté. Son pouvoir est assez proche du mien, ce qui, à son désespoir, l'empêchait de me renifler. Quand il m'a enfin trouvée, il n'a pas supporté que je lui présente plusieurs visages.

Elle s'est baissée pour lui arracher la chaîne qui pendait à son cou.

– Et sans ça, a-t-elle ajouté, aucune chance qu'il renifle à nouveau un jour.

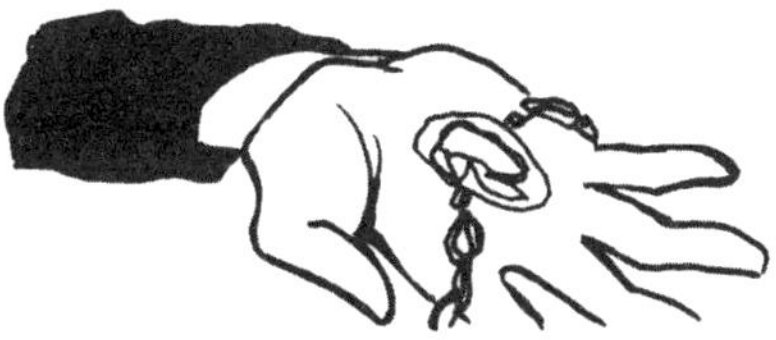

Elle glissait le fragment de météorite dans sa poche lorsqu'elle s'est figée. Elle a levé la tête, pointé le nez comme si elle avait senti une odeur bizarre, reniflé deux fois puis elle a tendu le bras.

– Le Penseur et l'Éclipseur sont là-bas !

Elle s'était exprimée d'une voix rauque, dure, presque méchante qui m'a surpris.

– Tu as perçu leurs pensées ?

Les yeux de Naomie ont brillé d'un éclat mauvais.

– Non. Je les ai sentis.

– Sentis ? Comme le Reni…

– La ferme, Mattéo !

L'ordre avait claqué, sec et sans appel.

Elle l'a adouci d'un sourire qui n'a pas réussi à gommer mon malaise.

– Viens, a-t-elle ordonné. Nous devons achever ce que nous avons commencé.

Le jour était en train de se lever, le cirque et les environs étaient toujours déserts, ce qui nous a permis d'apercevoir les deux hommes tapis derrière le capot ouvert d'une longue voiture noire. Se voyant découvert, l'un des deux, un type vêtu d'un costume élégant, fine barbiche et coupe de cheveux impeccable, a poussé un cri :

– Fais-les disparaître ! Fais-les disparaître !

Le deuxième homme, un gros lard engoncé dans un survêtement informe, a effectué un pas dans notre direction. J'ai cru voir un éclair rouge jaillir de ses yeux et, tout à coup, le monde est devenu flou autour de moi.

L'Éclipseur.

L'Éclipseur déchaînait son pouvoir sur nous et nous ne pouvions pas l'en empêcher. Il était loin, presque cinquante mètres. Même en courant vite, aucune chance de l'atteindre avant qu'il ne soit trop tard. Avant qu'il ne nous ait fait disparaître. Peut-être à tout jamais.

Les couleurs du petit matin ont cédé la place à un gris uniforme, les contours des roulottes se sont troublés, le ciel s'est voilé.

À côté de moi, Naomie a poussé un gémissement effrayé. Elle est tombée à genoux. Alors que je me baissais pour la soutenir, mes doigts se sont refermés sur un gros boulon, sans doute échappé d'une caisse à outils.

Cinquante mètres ? Le tir était difficile, les conditions délicates, le résultat incertain. À supposer que je parvienne à toucher l'Éclipseur, l'impact serait si faible qu'il ne sentirait sans doute rien.

D'accord, mais avais-je le choix ?

Mon bras a fouetté l'air et le boulon est parti. J'ai aussitôt compris que quelque chose d'imprévu était arrivé. Mon lancer avait été trop puissant, trop ajusté pour que je…

Loin devant nous, l'Éclipseur a porté les mains à son front et a basculé en arrière. Je l'avais atteint. En pleine poire. Suffisamment fort pour l'assommer.

Autour de moi, le flou s'est déflouté, le gris dégrisé, les voiles dévoilés, le trouble détroublé. Juste à temps pour que je voie le Penseur tourner les talons et se glisser entre deux camions.

– Vite ! ai-je crié à Naomie.

– Pousse-toi, petit, a grogné un homme en me bousculant pour passer.

– Robert ! La paille pour les chevaux, bon sang !

– Alors je lui ai dit que...

– T'as vérifié les câbles du trapèze, Luc ?

– Et tu sais ce qu'il a répondu ?

J'ai écarquillé les yeux. L'endroit, désert une seconde plus tôt, grouillait maintenant d'hommes et de femmes affairés. Aucun d'eux ne paraissait conscient d'avoir été éclipsé et aucun d'eux n'avait encore vraiment remarqué notre présence, mais cela ne durerait pas.

Naomie s'est remise plus vite que moi de son étonnement et m'a saisi la main. Alors que son geste aurait dû me faire frissonner de joie, son regard m'a glacé.

Paupières plissées, elle observait les alentours avec la froideur et l'efficacité d'un radar, si méticuleuse que je n'ai pas douté un instant qu'elle était en train de mémoriser chacun des visages qui passaient près de nous.

– Suis-moi, a-t-elle ordonné avant que j'aie pu lui faire part de l'inquiétude qui me broyait le cœur.

Personne n'avait encore découvert l'Éclipseur qui gisait derrière la voiture noire. Ignorant la mine courroucée de Naomie qui aurait voulu s'en emparer avant moi, j'ai récupéré son fragment de météorite, puis nous avons pris le Penseur en filature.

Les rues de Paris bourdonnaient à nouveau d'activité, voitures et camions circulaient à toute allure, malgré l'heure matinale les piétons se pressaient sur les trottoirs, nos chances de rejoindre le Penseur auraient dû être nulles.

C'était compter sans Naomie.

Nez en avant, elle louvoyait entre les passants, suivant une piste si ténue qu'un chien policier aurait eu du mal à l'imiter.

Nous nous sommes engagés dans une ruelle et, soudain, je l'ai aperçu. Il marchait d'un pas rapide en jetant de fréquents coups d'œil derrière lui.

Il nous a repérés et, tandis que nous nous mettions à courir, il a poussé la grille d'un vieil immeuble. Nous sommes arrivés à sa hauteur à l'instant où la serrure cliquetait.

À travers les barreaux, le Penseur nous a adressé un sourire narquois.

– Raté ! s'est-il exclamé. De peu, je vous le concède, mais raté.

Des cinq membres de la bande, c'était le seul à avoir conservé un physique normal. De taille moyenne, vêtu avec goût, les traits distingués, il aurait paru sympathique si ses yeux n'avaient clamé sa malveillance.

Il a observé Naomie avec attention et son regard s'est élargi.

– Bonjour, ma Renifleuse, a-t-il susurré.

Le dernier fragment

J'ai sursauté.

Ma Renifleuse ?

J'ai tourné la tête vers Naomie et, soudain, j'ai tout compris.

Quoi ? Vous aviez compris depuis longtemps ? Prétentieux !

J'ai compris pourquoi Naomie avait réussi aussi facilement à pister le Penseur, j'ai compris pourquoi j'étais parvenu à assommer l'Éclipseur avec le boulon. Nous avions récupéré les fragments de météorite et nous avions commencé à nous transformer. Naomie en Renifleuse, moi en Briseur.

À l'idée que j'allais me retrouver avec la tête de Golgoth, j'ai failli hurler mais je me suis ressaisi à temps. Si j'avais un pouvoir, autant l'utiliser. J'ai refermé mes mains sur deux barreaux et j'ai entrepris de les écarter. Le Briseur y serait arrivé sans peine. En fait, il aurait certainement arraché la grille d'une pichenette.

Avec moi, ça n'a pas marché.

Le Penseur a éclaté de rire.

– Le pouvoir du Renifleur est proche de celui de ta copine, c'est pour cette raison qu'elle l'a maîtrisé aussi vite. Il te faudra en revanche un peu plus de temps pour parvenir à maîtriser celui du Briseur. Un temps suffisant pour que je disparaisse et concocte un nouveau plan pour vous piéger.

J'ai serré les poings. Assez fort pour arracher son fragment de météorite au Penseur, pas assez pour franchir l'obstacle de la grille. Quelle poisse !

Sauf si…

Trois pierres étaient en ma possession. Celle du Briseur au pouvoir limité, celle de l'Éclipseur au pouvoir incompréhensible et celle du Sautilleur. Pouvais-je…

Je n'avais qu'un seul moyen de m'en assurer.

Facile. Bien plus facile que je ne l'aurais cru. J'ai pensé que je voulais être de l'autre côté de la grille et je m'y suis matérialisé. D'un seul coup.

Le Penseur ne s'y attendait pas et sa seule réaction en me voyant près de lui a été d'écarquiller les yeux et d'ouvrir la bouche en grand. J'ai passé la main sous sa veste, attrapé sa chaîne et...

Il a refermé ses doigts sur mon poignet.

– Pas question ! a-t-il craché. Tu ne toucheras pas à mon trésor.

Le fragment de météorite du Briseur était loin de m'avoir transformé en Golgoth mais une force nouvelle coulait d'ores et déjà dans mes muscles. Je me suis permis un sourire.

– Oh que si, je vais y toucher à ton trésor, ai-je répondu.

Et j'ai tiré d'un coup sec. La chaîne s'est brisée, le Penseur est tombé sur les fesses et Naomie a poussé un cri de guerre :

– Bravo, Mattéo ! Massacre-lui la tronche !

J'ai grimacé. Il devenait urgent d'intervenir. Un coup d'œil sur le Penseur m'a convaincu qu'il ne concocterait plus jamais de plans machiavéliques. Roulé en boule contre un mur, il suçait son pouce en baragouinant une chanson enfantine. Je pouvais m'occuper de Naomie.

J'ai franchi la grille en sens inverse en utilisant le pouvoir du Sautilleur et je me suis planté devant elle.

Elle était toujours aussi belle mais ses yeux bleus étaient désormais plus froids que la glace polaire et, quand elle m'a toisé avec mépris, j'ai compris que je n'avais pas trente-six moyens de régler le problème.

– Donne-moi la pierre du Renifleur.

Elle a montré les dents.

– Tu peux toujours rêver !

– Donne-la-moi ou je la prends tout seul.

– Essaie si tu l'oses, a-t-elle rétorqué en serrant les poings.

J'ai osé.

Je me suis ramassé une claque, un coup de genou qui aurait pu être meurtrier, j'ai évité de justesse qu'elle m'arrache un œil, mais j'étais plus fort qu'elle et, en quelques secondes, je l'ai immobilisée. Je me suis emparé de la pierre qu'elle avait glissée dans sa poche et, soudain, je l'ai sentie devenir toute molle.

– Naomie, ça va ?

Elle m'a jeté un coup d'œil surpris, s'est passé la main sur le visage.

– Je… j'ai l'impression de… de… sortir d'un rêve. Que… que s'est-il passé ?

– Je te raconterai plus tard, lui ai-je répondu, en regardant avec fébrilité autour de moi.

J'avais les cinq pierres en ma possession et la moitié de l'onde liante. Je sentais que si je traînais, j'allais me transformer de façon irrémédiable et ça, quels que soient les pouvoirs qui jailliraient de cette transformation, c'était hors de question.

Je voulais juste être moi.

Mattéo Bond.

Sauf qu'il m'était impossible d'abandonner les fragments de la météorite. Quelqu'un les trouverait et tout recommencerait.

– *Je suis un Parleur,* ai-je lancé en esprit vers le ciel. *J'ai besoin d'aide.*

Quelques secondes d'angoisse puis un bruissement d'ailes. Une dizaine de pigeons se sont posés autour de moi.

– *Que veux-tu ?* m'ont-ils demandé.

J'ai eu un peu de mal à le leur faire comprendre, les pigeons ne brillent pas par leur intelligence et le concept de béton liquide leur est étranger, mais, à mon grand soulagement, j'y suis finalement parvenu. Les cinq plus gros se sont chargés chacun d'un fragment de météorite et ils se sont envolés.

– Où vont-ils ? s'est inquiétée Naomie.

– Balancer ces cailloux dans les fondations d'un immeuble qui se construit un peu plus loin. Ils étaient beaucoup trop dangereux pour qu'on les garde.

– Excellente initiative !

Sa réaction m'a rassuré sur son état mental. J'étais certain que le fragment de météorite du Renifleur avait été à l'origine de son étonnante méchanceté.

Heureusement, Naomie ne l'avait pas détenu assez longtemps pour que cela lui soit néfaste.

Elle a jeté un coup d'œil à sa montre et s'est écriée :

– Sept heures et demie ! Il faut que je file.

– Que tu files ? Mais où ?

Elle avait déjà commencé à marcher, elle s'est arrêtée.

– Ben... chez moi. J'ai séché l'école hier pour aller te voir au musée, je me suis échappée de la maison en cachette ce matin... Je dois rentrer si je ne veux pas que mes parents s'aperçoivent de mon absence et avertissent la police ou, au minimum, me passent un savon à mon retour.

– Je... je...

Le monde, mon monde, était en train de s'écrouler et, cette fois, ce n'était pas l'Éclipseur qui en était le responsable.

– Attends, Naomie, on... on ne peut pas se quitter comme ça.

– Pourquoi Mattéo ? Tu envisages de me ramener avec toi à Sainte-Lucie ? Tu veux m'adopter ?

Elle m'a souri.

Puis elle m'a tourné le dos et s'est éloignée.

Explications

– Tu veux dire qu'elle est vraiment partie comme ça ?

– Après tout ce que vous avez vécu ensemble ?

Tom et Lucas me regardaient, bouche bée.

Quand j'étais rentré à l'hôtel, ils étaient réveillés et je n'avais pas pu faire autrement que tout leur raconter. Ils avaient eu du mal à me croire au début mais leur incrédulité avait très vite disparu et ils m'avaient écouté comme ils auraient écouté un membre des X-Men en personne.

– Tu n'as pas essayé de la rattraper ? a insisté Tom.

Une courte hésitation, puis :

– Si, bien sûr. Je ne pouvais pas imaginer de ne plus la voir.

– T'es amoureux ? s'est inquiété Lucas.

– Oui. Enfin, non.

– Oui ou non ?

– Fiche-lui la paix ! est intervenu Tom. Vas-y, Mattéo, raconte.

– J'ai couru pour la rejoindre et je l'ai raccompagnée jusqu'à chez elle. Par chance, elle n'habite pas très loin d'ici. C'est là que j'ai compris.

– T'as compris quoi ?

Je me suis penché vers eux.

– Je vous ai dit à quel point elle est belle, à quel point elle est intelligente, à quel point elle est courageuse…

– Oui, ça tu nous l'as dit !

– Eh bien, en marchant et en discutant avec elle, j'ai découvert que la beauté, l'intelligence et le courage ne suffisent pas. C'est aussi bien qu'elle habite Paris et moi Sainte-Lucie, parce que, voyez-vous, Naomie et moi ne sommes pas faits l'un pour l'autre. Ça n'aurait jamais pu marcher entre nous.

– Que veux-tu dire ?

– Elle n'aime pas le foot !

Déclaration

– Tu leur as vraiment dit ça ?
– Ben oui.
– Ce n'est pas très flatteur pour moi.
– Désolé, mais sur le coup je n'ai rien trouvé d'autre.
– Tu aurais pu leur avouer que tu m'as couru après…
– Ça, je leur ai raconté.
– … que tu m'as fait une merveilleuse déclaration d'amour…
– Ils se seraient fichus de moi !
– … que nous avons effectué tout le trajet en nous tenant la main…
– Ça ne les regarde pas.

– … qu'en arrivant devant chez moi nous nous sommes embrassés…

– Euh…

– … et que nous nous sommes promis de nous parler tous les jours par télépathie en attendant que je vienne en vacances à Sainte-Lucie ! Tu es vraiment un héros, tu sais Mattéo. Mon héros ! Et c'est le bonheur qui nous attend. On va le cueillir ?

L'essentiel

– Naomie ?
– Oui ?
– Tu n'aimes vraiment pas le foot ?

TABLE DES MATIÈRES

REMERCIEMENTS

Ce roman résulte d'une jolie collaboration littéraire avec des classes suisses, canadiennes et belges, dans le cadre de la Bataille des Livres.

Pendant plusieurs mois les enfants, conduits par leurs enseignants, ont assisté à la naissance de l'histoire, à sa mise en place et à sa finalisation tandis que, par le biais d'une riche communication internet, ils participaient à son évolution.

Je tiens à remercier, outre Daniel Beugger et son équipe qui sont à l'origine et aux commandes du projet, l'ensemble des classes, élèves et enseignants confondus, qui ont permis que l'aventure soit riche et belle.

SUISSE

Écoles genevoises

Ouches, Genève - Lisa Presedo
Ranches II, Vernier - Tania Muino
Saint-Jean, Genève - Séverine Rossellat
Vollandes, Genève - Marie-Amédée Corboz et Marc Duchêne
École française, Genève - Roger Dupraz
Ami-Argand, Versoix - Ana Carreras
Montfleury I, Versoix - Marlène Copeland et Daniel Beugger

Écoles vaudoises

Collège d'En-Bas, Villars-sur-Ollon - John Christin et Patrick Oberson

Château d'Oex - Aude-Emmanuelle Scherrer
Ruvines (classes A et B), Cully - Sophie Marcel
Clos-Béguin, St-Légier - Angela N'lep
Écoles neuchâteloises
Collège Primaire, Les Hauts-Geneveys - Caroline Pfammatter El Faleh
Hauterive - Corinne Berger et Caroline Dolder-Krugel
Marin - Gérard Bauen
Collège des Acacias, Neuchâtel - Patrick Amez-Droz
Écoles valaisannes
Bramois - Caroline Constantin
Écoles jurassiennes
Le Patet, Courgenay - Jean-Pierre Eyer
Delémont - Vincent Ducommun
Écoles bernoises
Orvin - Daniel Sauthier

BELGIQUE

Athénée Royal, Florennes - Jeannine Demoulin
EFACF Haversin, Ciney - Valérie Lapierre
EFC, Termes-les-Bulles - Marie Gallardo
Sainte-Anne, Waterloo - André Buekenhoudt
École Notre-Dame de la Providence, Acoz - Anne Mont et Sabine Purnelle

CANADA

Rockcliffe, Ottawa - Sylvie Quessy

L'AUTEUR

Pierre Bottero est né en 1964 dans un champ de coquelicots. Après une enfance mi-pleine lune, mi-trompette employée à sillonner les collines provençales à dos de dragon, il a décidé un beau jour de ranger épée et bulles de savon afin de vivre une vie d'adulte sérieux. Hésitant entre une carrière d'inventeur de bêtises et de dresseur de monstres, il a finalement choisi cette dernière, en devenant instituteur. Il a dressé des monstres avec joie pendant presque vingt ans, profitant du soleil et des vacances pour se marier et avoir toute une flopée de filles merveilleuses.

Il y a quelques années, son chat lui a soufflé d'écrire et Pierre a suivi le conseil, abandonnant les monstres en chair et en os pour ceux, presque aussi terribles, issus de son imagination.

Météorite est son beaucouptième livre et la traduction en martien est d'ores et déjà programmée.

L'ILLUSTRATEUR

Vincent Wagner est né en 1971 à Strasbourg. De son enfance il a gardé le goût des belles histoires, celles que lui racontait sa maman, celles qu'il se racontait et dessinait avec son frère pour s'amuser, celles que sa sœur imaginait en marionnettes.
Curieux, il parcourt l'Europe, le Sahara et l'Afrique noire, y fait des rencontres qui vont déterminer tout son travail. Aujourd'hui, devenu illustrateur sous la houlette de Claude Lapointe, il a posé son sac à dos. Marié, papa de deux garçons, il dessine et écrit, pour les petits ou pour les grands, des albums, des romans, des B.D., et crée des spectacles de marionnettes.

DANS LA MÊME COLLECTION

L'amour c'est tout bête, G. Fresse.
B comme Amour, N. Denes.
Une baleine sur la plage de Saint-Malo, R. Judenne.
Le blog des animaux, M. Cantin.
Une certaine Clara Parker, S. Valente.
La chambre des chats, M. Freeman.
Mon chat mes copines et moi, M. Cantin.
Chien riche, chien pauvre, K. Cave.
Mon chien va à l'école, C. Cahour.
Le club des animaux, M. Cantin.
Comment devenir parfait en trois jours, S. Manes.
Comment je suis devenue grande, B. Hammer.
Confidences entre filles, F. Hinckel.
Les disparus de Fort Boyard, A. Surget.
La drôle de vie d'Archie, A. Laroche.
L'été des jambes cassées, C. Le Floch.
Expert en excuses, K. Tayleur.
Expert en mensonges, K. Tayleur.
Mon extraterrestre préféré, É. Brisou-Pellen.
Le fils des loups, A. Surget.
Fils de sorcières, P. Bottero.
La grande évasion des cochons, L. Moller.
L'hiver des gros ventres, C. Le Floch.
Le jour où j'ai raté le bus, J.-L. Luciani.

Mon journal de guerre, Y. Mauffret.
La lettre mystérieuse, L. Major.
La maison à cinq étages, G. McCaughrean.
Météorite, P. Bottero.
Où sont les animaux ?, D. Nielandt.
La petite fille qui vivait dans une grotte, A. Eaton.
La plus grosse bêtise, É. Brisou-Pellen.
Ma première fête surprise, N. Charles.
Ma première soirée pyjama, N. Charles.
Mon premier week-end sans parents, N. Charles.
Le prince de mes rêves, R. Flynn.
Princesse en danger, P. Bottero.
Le ranch des mustangs : Cheval de feu, S. Siamon.
Le ranch des mustangs : Cheval de nuit, S. Siamon.
Le ranch des mustangs : Cheval rêvé, S. Siamon.
Le ranch des mustangs : Cheval sauvage, S. Siamon.
Au royaume des dinosaures, R. Judenne.
Une potion magique pour la maîtresse, G. Fresse.
Une sorcière à la maison, V. Petit.
Un vampire à l'école, Y.-M. Clément.
Vive les punitions !, G. Jimenes.
Le vrai prince Thibault, É. Brisou-Pellen.
La vraie princesse Aurore, É. Brisou-Pellen.
Zanzibar toi-même !, C. Couprie / G. Magro.

Retrouvez la collection
Rageot Romans
sur le site www.rageot.fr

Achevé d'imprimer en août 2009
par Maury-Imprimeur en France
Dépôt légal : septembre 2009
N° d'édition : 5013-01
N° d'impression : 148534